檸檬圖書館

A LIBRARY OF LEMONS

Jo Cotterill
喬·柯特李爾——著

楊佳蓉——譯

獻給諸位多年好友，特別是雪莉（Shelley）、曼蒂（Mandie）、克萊兒（Claire）、艾斯塔（Esther）、約翰（John）、卡斯（Cas）、海倫（Helen）、史蒂夫（Steve）。

還有我最要好的朋友，菲爾（Phil）。

專文導讀

失落後的心聲與新生

臨床心理師／曾心怡

我們都曾失去過。可能是朋友轉學、遺失了心愛的娃娃，最難熬的，莫過於**意識到和一個重要的人永別**——我們失去了最愛的人，失去了最愛我們的人。

書中的主角克麗索（Calypso）用她平實的口吻，娓娓道來在和母親永別後，她和爸爸的生活。故事開始時，她是個埋首於書堆的女孩，當新轉學來的小梅（Mae）主動靠近後，克麗索並不確定是否有人真的想和她當朋友。放學回家後，克麗索是個讓人很難相信她僅有十歲的女孩。她需要張羅晚餐、需要關心父親，在這樣的過程中，她也學會把心裡的事隱藏起來，好讓父親放心。在父親的教導之下，她總是時常告訴自己要有「內在力量」，不可以輕易哭泣、不需要依賴外在幫助。

但，內在力量究竟從何而來？傷心的時候到底可不可以哭呢？

在回答這樣的問題前，我們先來談談，人們究竟應該如何理解死亡，以及面對摯愛死亡後的悲傷。

「阿公去當天使了！你要和他說保佑你好好長大，書讀得很棒！」、「不要哭喔！不然阿祖會捨不得離開喔！」對於孩子來說，死亡就如同一個疼愛自己的人憑空消失了。「可是我不要他當天使啊，當天使就不能每天陪我上學了」，孩子心裡有好多的難過和疑惑。當心中的疑惑無法被好好解釋時，有的孩子會出現很多揣想，例如：「是不是我昨天惹阿祖生氣了，阿祖才不要我了？」

其實，孩子這時可以哭、可以難過，然後需要有人告訴他們，死亡究竟是怎麼一回事。由於小孩並不擅長用語言表達情緒，這時如果能用哭泣的方式抒發，並理解**這些情緒其實很正常、就連大人也會有，便能幫助孩子走過悲傷**。

然而有些時候，甚至連大人也不知道該如何面對失去至親的悲慟，例如克麗索的爸爸，寄情於各種不切實際的想像尋求安慰，同時也在自己和女兒之間築了一道厚厚的牆。克麗索無法得到來自父親的慰藉，**為了適應生活，她因此被迫早熟，成為家庭裡面的照顧者**，只好藉由大量的閱讀，在心裡和同樣愛讀書的媽媽產生連結，也形成自我安慰的方式。

克麗索渴望能夠在思念母親時，得到一個容許自己哭泣的擁抱，但由於父親還無法真正面對妻子離世的事實，藉由埋首在（可能）不合時宜的研究中轉移注意力，自然也無法積極面對孩子的情緒。這位父親甚至要求女兒堅強，藉此迴避和孩子共同思念的時刻。實際上，成年人習慣用許多防衛機制（defense mechanism）來隔絕情緒的影響，好讓自己不要那麼痛苦，假裝一切都沒發生般地繼續生活。

心理學中常提到的哀傷（grief）五階段，是由全球安寧療護創始與推動者之一，伊莉莎白．庫伯勒．羅絲（Elisabeth Kubler Ross）博士提出。悲傷五階段分別為：**否認，憤怒，討價還價，憂鬱，最後才是接受**。這正表示當人們在面對悲傷與失落時，從最初的否認、憤怒，直到最後能真正地接受，是很不容易的過程，不論大人或小孩皆是如此。而當大人能以不過分理智的方式處理情緒時，就能**先幫助自己，再協助孩子走過哀傷**。

該怎麼走過哀傷呢？在這個最失落的時候，小梅走進了克麗索的世界，讓克麗索重新和人群有了連結，得到溫暖與關懷；兩人在閱讀上共同的喜好，也使克麗索得到了認同與支持。這些來自外在的協助，就這樣逐漸轉化為真正的內在力量，克麗索開始了新的生活，得以逐漸走出哀傷。

近年來，心理學領域很重視創傷後人們的恢復力（resilience），在逐漸走過心裡的創傷後，有些人會從中發現生命的力量，一般稱之為**創傷後的成長**（posttraumatic growth，簡稱PTG）。有研究指出在失親兒童的恢復力中，**家庭與外在資源的連結，被視為很重要的影響因素**。

在本書的中段，克麗索和小梅一起合寫故事。而後，克麗索決定寫下自己的故事。心理學上有所謂**治療性書寫**（Therapeutic writing），透過書寫，我們得以釐清自身紛亂的思緒與情緒，也會對自己有更多的覺察與頓悟；透過書寫，我們得以和自己對話；透過書寫，我們不會沉溺過去，或是擔憂未來，而是能在「我手寫我心」的過程中，將思考和動作相互連結，進而真真切切地活在當下。

在全書最後，克麗索試圖和父親透過共同創造出新的虛擬生命故事，傳達希望給彼此，彷彿敘事治療（narrative therapy）*中的生命故事改寫，賦予過去新的意義與可能。

在《檸檬圖書館》裡，我們看到了家庭中失落的酸楚，也看見了每個成員心裡的傷。當人們企圖穿越層層防衛、碰觸這些傷痛時，需要無比的勇氣，更會經歷極大的動盪。全篇故事最讓我感動的是，作者如實呈現了接觸心理治療與協助後的真實情況：你並非立即就會有神奇的轉變，儘管時好時壞，需要時間與耐性慢慢復原，卻是一步一腳印地將破碎內心拼湊起來的療癒過程。

我們都可能是克麗索，也可能是克麗索的爸爸，當然也可能是伸出溫暖雙手的小梅。**失落後的心聲，終將蛻變為新生**。

＊敘事治療為後現代心理治療取向之一，著重在人們如何敘述與看待事件。透過治療師與個案對話，將生命中的困難訴說出來，使問題與自我不再互相綑綁，開始重新抽絲剝繭、解構，讓個案有機會看到問題新的陳述方式與意義，進一步能有重寫生命故事的機會，原先的問題便有了新的解決與開展方向。

推薦的話（按姓氏筆劃排序）

《檸檬圖書館》描寫的是人與人之間微妙關係的故事，讀了之後，你會發現：不管與親人，或是與他人，必須互相依存，生活會更精采。

——資深國小退休教師、兒童文學作家／李光福

當大人拒絕面對驟變時，孩子將身處什麼樣的生活？一個過於「懂事」的孩子，是否正吃力地為大人扛起不屬於他的責任？《檸檬圖書館》生動地刻畫出親職化子女的身影，更讓我們再次看見愛與陪伴的力量。

——貓頭鷹親子教育協會創辦人／李苑芳

一個害怕失去而不敢相愛，令人心疼不已的故事。兩顆悲傷的心，如何相依相扶，這本書帶給讀者淚濟濟而心暖暖的感動。

——**臺北市國語實小校長、兒童文學作家／林玫伶**

如何面對「失親」的創痛，透過閱讀、寫作？體會真愛的「施」與「受」？這帖療癒靈藥，在本書中有深刻描繪。

——**資深童書出版人／桂文亞**

本書讓我們深深體會——只要回應孩子對愛的需求、給予表達情緒的自由，即使是悲傷、痛苦的經歷，也能為他們帶來正向意義。

——**親職教育專家／楊俐容**

關於友誼、家庭、自我修復的故事。面對傷痛，故事或許不是最直接的解方，但卻是協助我們跨越阻礙的催化劑。

——前童書編輯、臉書粉專「編輯小姐Yuli的繪圖日誌」板主／Yuli

目錄

第一章

今天，這個學期剛轉來的新同學小梅（Mae）邀我一起玩。我不知道該說什麼。她的黑色長髮編成兩條辮子，盤到頭頂上，像是電影《真善美》裡面的海蒂（Heidi）和其他小朋友一樣，她洋娃娃一般的圓潤臉龐上，鑲著明亮的藍眼珠。

我坐在最喜歡的操場一角，捧著一本書，每天午休都是如此。小梅滿懷期盼地對我微笑，但我搖搖頭，繼續讀我的書。

「ＯＫ。」說完，她轉身離開。

我努力專注，視線卻不斷飄向她。她常把「ＯＫ」掛在嘴邊，這兩個字很適合她，甚至和她的名字有點押韻：ＯＫ、小梅。她在團體活動課上說，自己之所以轉學是因為搬家的關係，不過她好像一點都不在意，總是開開心心的。

我以為她會去找別人，但她獨自晃到圍牆旁，蒐集地上的小樹枝堆成一堆，坐下來，從口袋裡掏出某樣東西。金屬外框反射著陽光——是放大鏡。

難道她打算用樹枝生火？我看得入迷，會成功嗎？她費了好一番工夫尋找恰當的角度，一下子仰頭看天空，一下子低頭看放大鏡，朝各個方向傾斜。

這樣不對，我心想。**她得在同一個角度維持一陣子**，用聚焦後的光點替下方的樹枝加熱。我曾在書上讀過，這並不是很實際的方法，不過只要耐性足夠、陽光也夠強，終究還是能生起火。偏偏現在是秋天，陽光不夠強烈。

我看得太專心了，當她抬起頭看到我的時候，我差點嚇到摔了手中的書。我迅速把視線移回書頁，卻又忍不住再偷看了她一眼。她還是看著我，對我露出朋友般的笑容。我尷尬得臉頰滾燙，雙眼再也沒有離開書本。

最後，小梅的樹枝沒有著火，要是真的成功了，老師一定會跑過來處理。上課鐘聲響起，大家一如往常地一哄而散，我懶洋洋地跟在後頭，等到同學幾乎都離開操場後，我連忙衝到圍牆邊，探看小梅的樹枝堆。那已經不是整堆的樹枝了。她用樹枝在地上排出字母，拼出一個我再熟悉不過的名字。

克麗索（Calypso）。

CALYPSO

我衝回教室，心臟怦怦跳。小梅為什麼要排出我的名字？

爸爸每次都說「人要當自己最要好的朋友」。小時候我不懂，不過現在我懂了。他的意思是，**我們應該要樂於獨處**；不該仰賴其他人逗你開心。他也說過，他不需要其他人。

有時候我甚至納悶，他是否真的需要我媽媽，但這不是我能問的問題，而且我也沒辦法問媽媽，因為她已經過世了。

學校老師以前會擔心我總是自己一個人獨坐。他們寫了一些評語：「克麗索是個很孤獨的女孩」、「她把自己孤立起來」。好像這不是什麼好事一樣。

最近的報告中則多了不同的內容：「假如她無法建立親密的友誼，明年將難以融入中學[1]。」

「他們根本不懂。」上學期末，爸爸讀了老師們的報告。「他們無法理解有些人不需要其他人。他們以為獨立就是孤單，沒有人教過他們內在力量是什麼。」

爸爸是內在力量的死忠信徒，他不時會說：「要是我出了什麼事，克麗索，妳也會好好的，因為妳擁有強大的內在力量。」

我很高興他如此肯定我，可是我不喜歡想到爸爸會出什麼事。五年前，媽媽出事了，我也努力不去想那件事。事情發生得太快：我只記得她有點不舒服，跑去看醫生。他們做了一些檢查，說她得了癌症，然後她一下子就病得很重——然後就離開我們了。要是爸爸也過世了，我不認為我能好好的。

每當爸爸提起這件事，淚水總會湧入我的眼睛。他發現之後就會搖搖頭，彷彿我又讓他失望了。「沒有必要為這種事情難過。」他說：「我只是要告訴妳如何變得堅強，克麗索，妳要學會找到妳的內在力量。」

---

1 譯註：英國的教育制度，十一歲開始進入中學（secondary school）階段。

我抹抹眼淚，努力嘗試。我相信這股力量真的存在——尤其他說了那麼多次，那股力量一定存在。「我會好好的。」我拚命努力想穩住聲音：「要是……我出了什麼事……**你也會好好的**。」

「這就對了。」爸爸鼓勵似地笑了笑，走回書房。我試著不去在意他說的那些話——那只是因為他擁有內在力量，而不是他不愛我，一定是這樣沒錯。

在學校裡，其他同學不再試圖和我深交。儘管我其實很喜歡和他們玩——我並不是討厭其他人，不過說真的，比起與人相處，我更熱愛閱讀。我喜歡它們在我腦中創造出的平靜空間，裡頭充滿了魔法、神祕的島嶼、各種千奇百怪的祕密。

小梅是新同學，她還不了解我。再過幾天她就會明白了，到時候她就會找到其他的朋友。

第二章

回到家，我依然想不透小梅和那些樹枝是怎麼回事。我走進屋子，踮起腳尖經過書房門前，不敢打擾爸爸工作。爸爸的書房就在左手邊那扇厚重老舊的門內，或許他根本聽不見我的聲音，不過我早就養成安安靜靜的習慣，盡量不發出太大的聲響。我上樓回房，開始寫作業。

一樓的書房一直都是爸爸的工作空間。從前媽媽在二樓第三間臥室裡，布置了小小的工作室，她過世以後，我們把這間最小的臥室改裝成我的書房，所以現在我既有臥室也有書房了。我很幸運，目前我還沒遇過哪個同年齡的小朋友，擁有可以專門放自己書的房間。媽媽還活著的時候，房裡擺滿畫布、畫架、油畫顏料、水彩、畫筆、礦物油精。現在室內仍瀰漫著很淡很淡的油畫味，儘管已經好幾年沒人在這裡作畫了。我喜歡坐在自己的書房裡，有滿牆的書架與書本陪伴，一邊讀書，一邊回想有關媽媽的回憶。這裡是我的專屬特區，爸爸從沒進來過。

寫完作業，我下樓泡茶，準備吃點東西。廚房的櫃子裡一向沒放多少食材，不過擺了一些麵包和起司，還有一罐煮熟的豆子。我烤了麵包，將豆子煮滾，磨碎起司灑在上頭，然後坐到餐桌旁，單手拿著麵包，另一隻手捧著書——《波麗安娜》（*Pollyanna*）[2]。這是一部很久很久以前的作品，我不太能融入劇情，因為女主角實在蠢到不行，她只希望大家都能喜歡她，我開始思考是否值得把它讀完。比起這本書，我更喜歡《清秀佳人》裡的安妮，或是《屋頂上的蘇菲》（*Rooftopper*）[3]裡的蘇菲、《征服繩索的女孩》（*The Girl who Walked on Air*）[4]裡的露薏。她們都擁有豐富的想像力、渴望冒險，而不是浪費時間沾沾自喜。

等我吃完麵包、洗完盤子，爸爸還是沒有出現，於是我替他泡了一杯茶，端到他的書房。

「爸爸？」我敲響厚重的門板，往內推開。

爸爸的辦公桌在左邊，他和往常一樣坐在那裡，雙眼盯著一份草稿。他的工作是校對，負責在書本送印前讀過幾遍，確認內容完美無缺。爸爸有本事揪出十個編輯都會漏看的錯誤。就算今時今日有那些厲害的電腦，爸爸的校對功力依舊是天下無敵。話說回來，爸爸雖然也有電腦，但很少用它來工作。他常說想透過螢幕看出每個錯誤是不可能的任務，因此他會印出每一份草稿仔細校對，辦公桌上老是擺滿一堆堆整齊的紙張。

長方形的大房間裡光線昏暗，前院的樹木長得太茂盛了，遮住理應穿透大窗戶、照進室內的陽光——雖然今天是陰天。我們還沒搬進這棟屋子前，有人在牆上敲出大洞，裝設了一扇通往後方溫室的玻璃門。當時他們或許擔心書本會在陽光的曝晒下損壞，立於另外三面牆邊的漂亮古董木頭書櫃上，都加裝了雕花遮陽板。儘管近幾年因為外頭的樹木長高，太陽已經照不到書櫃了，櫃子上的遮陽板還是和以

2 美國小說家，愛蓮娜・霍奇曼・波特（Eleanor H. Porter）一九一三年出版的兒童文學作品，一九六〇年由迪士尼改編成電影《快樂小天使》。
3 英國小說家凱瑟琳・郎德爾（Katherine Rundell）二〇〇三年出版的兒童文學作品。
4 英國小說家艾瑪・卡蘿（Emma Carroll）二〇一四年出版的冒險小說。

往一樣緊緊扣上。由於室內光線不足，爸爸在裡頭工作時，總要打開桌上的檯燈，不過他喜歡這樣，我也喜歡。書房安靜陰暗又舒服。有時候我會想像，書中角色在我們看不見的地方悄悄地行走。

「喝杯茶吧。」我把茶杯擱在桌角。

「等我看完這頁。」爸爸豎起手指，視線沒有離開紙張。

我乖乖地等著。爸爸今年四十二歲，但沒有人猜對過他的年紀。依照當下的感受或是專注的目標，他的面容會變得年輕或蒼老許多。他的棕髮帶點捲度，前額髮線如同退潮般緩緩上移。他看書報時會戴眼鏡，身材高高瘦瘦的。以前我還很小的時候，他曾打扮成稻草人逗我玩，看上去實在是太合適了，彷彿他是稻草人投胎轉世似的。

他讀到頁尾，在最後一行的某個字下草草註記，接著抬起雙眼，對我微笑，眼角浮現紋路。

「克麗索，午安，今天在學校還好嗎？」

「很好。新來的女生用樹枝在地上拼出我的名字。」

爸爸摘下眼鏡，歪歪腦袋。「真怪。」

「嗯，我知道。」

「妳那時候在和她玩嗎？」

「沒有，她自己動手做的。」

「她有拼出她自己的名字嗎？」

「沒有，只有我的。」

他聳聳肩。「好吧，人有時候會做怪事。」

「我知道。你在忙什麼？」

聽到我這麼問，他頓時臉上一亮。「科學期刊。裡頭有一篇講檸檬酸的文章寫得特別好。等我寫完那本歷史書，想請作者來幫忙寫書評。」

爸爸正在寫他稱為「畢生巨作」的作品，聽起來像是什麼廣告詞，不過那其實是一本很厚的書。書名是《檸檬的歷史》，內容全是檸檬的起源、幾百年來的演化、能用檸檬製作什麼藥物、食譜……總之所有和檸檬有關的一切全都寫進去了。出版之後，他就會變成有名的作家，我覺得很棒。有時候我待在自己的書房裡，被書本和作者包圍，心裡偷偷想著總有一天我也要當作家——但我不敢大聲說出口，深怕會戳破這個夢想，就像對著泡泡吹氣那樣。

爸爸的書房過去瀰漫著打蠟後的氣味，現在則變成檸檬的香味，因為他正在室內種檸檬樹。四年前，他憑著一股狂熱，把書房後方的溫室清得一乾二淨，買來六棵檸檬樹以及照顧它們的教學書。那天真的很離奇。我早上去上學，回到家卻發現溫室裡成了一大片檸檬園，他大概就是在那陣子開始寫書的。

有一次，我唸書給那些樹聽，因為我聽說植物喜歡聽人朗讀。結果其中一棵檸檬樹的葉子竟然轉黃，事後，爸爸要我別再這麼做了。

「爸爸，你會記得吃晚餐吧？」我問。

「晚餐？」他一臉困惑。

「嗯。要我幫你烤吐司嗎？家裡好像只剩一罐豆子了。」

「現在幾點了？」

「六點半。」

「已經六點半了嗎？妳今天下課滿晚的呢。」

「我已經回家好幾個小時了，爸爸。」

「是嗎？我沒聽到妳進門。」

「爸爸，你的晚餐怎麼辦？」我耐著性子說。

「喔，我對吐司沒興趣。」

「ＯＫ……那沒多少東西可以選了。」

他突然皺起眉頭。「克麗索，妳知道我不喜歡妳講那個字。請別再用了。」

「對不起。」

爸爸認定「ＯＫ」是很俗氣的俚語，不是高尚的英文，但學校裡每個人都把它掛在嘴邊，因此我很難記住他的堅持。而且這也是小梅最愛用的字眼。ＯＫ、小梅。誰說會這樣講話的就是壞孩子？小梅就很不錯啊——說ＯＫ不行嗎？我張嘴想問爸爸，是不是某些人可以說，其他人不行，如果真的是這樣的話，我又該怎麼知道自己是哪一種人？然而他猛然抬起頭，興高采烈地盯著我，前額的皺紋一掃而空。

「要不要出門吃披薩？」

要是別人看到他這副模樣，絕對猜不到他已經年過四十。他看起來像個興奮的大男孩。

我眨眨眼。「什麼？現在嗎？」

「當然囉！」他跳起來，一手撥了撥茂密的捲髮。「及時行樂！」

「爸爸，我才剛吃過豆子。」

「可是妳還塞得下披薩吧？人人都愛披薩。快去拿外套！」

「我想去洗澡了……。」我低聲抗議，但沒有用，他已經在玄關找鞋子了。

我只好把手上的書塞進外套口袋，跟著他出門。

氣喘吁吁的福斯轎車幾乎發不動，我憋住呼吸。

「加把勁啊，老太太。」爸爸說。「妳可以的。」

從某些角度來看，我覺得爸爸很像是《波麗安娜》裡頭的角色，現在沒有人叫自己的車子「老太太」了吧？

車子咳了幾聲，甦醒過來，我鬆了一口氣。總有一天，不用太久，這輛車終究會無法動彈。我知道車子應該要定期維修，只是我們家的車大概好幾年沒進廠了。這或許算是「對不起社會」的行為吧，我們的校長吉克斯太太總是如此形容她看不順眼的人事物。

爸爸吃了很多披薩。我已經被吐司跟豆子塞飽了，最多只吃得下兩片，不過真的很好吃。真希望爸爸可以早點提議出門吃飯，這樣我就可以把那些豆子留到明天再吃了。

「我們得買點食材回家。」離開餐廳時，我對爸爸說。

他點點頭。「好，妳去上學的時候我會去買。」

「真的？不會像上次一樣忘記？」

他咧嘴一笑，牽起我的手，走向車子。「我以童子軍的名譽起誓。」

我好開心。回到家後，我躺在床上，又讀了一章《波麗安娜》，皺起眉頭。

「牛腳凍」（calf's-foot jelly）是什麼？聽起來不太好吃。

我伸手撫過床邊桌上的相框，這是我每晚睡前的例行公事。「媽媽，晚安。」我說。

她隔著相框對我微笑，陽光照亮她紅褐色的長髮。不知道我小時候的陽光是不是真的比較燦爛，總之感覺起來是如此。

接著，我關掉檯燈，想起小梅。她有點像波麗安娜，是個討人開心的女生。不知道她明天會不會再來和我交朋友。

但我也不確定自己是不是真的希望她這麼做。

第三章

史帕林老師在寫作活動時，把我和小梅分在同一組。我們要把意思相似的字連起來。我知道史帕林老師分給我們的是進階版的字彙，因為這包紙卡是用紫色印刷的。其他同學大多拿到綠色或藍色的字卡，識字障礙的組別則是紅色。

我認得很多字，因為我讀過很多書。老師把我和小梅編在同一組，她是不是也讀了很多書呢？還是史帕林老師只是因為不知道要把小梅放在哪一組？

「『愛說話』。」我伸手拿字卡。「『饒舌』。」

小梅點點頭。「『擔心』。」她把這個字和「焦急」放在一起。

這組很簡單。

「『世故』和『老練』。」我說。

小梅說：「『一觸即發』和『爆炸性』。」

我對她刮目相看了。班上沒有多少人知道「一觸即發」的意思。或許小梅真的

讀過很多書。我掃過一張張長方形的紙卡，尋找更多配對。

小梅比我快了一步。「『渺小』和『細微』。」

我挑眉，拿起「聰穎」（cerebral）和「才思敏捷」（intellectual）。

「妳很厲害嘛。」小梅對我說。

「彼此彼此。」我回應。

她笑得燦爛。「我很喜歡文字。」

「我也是。」我有點訝異。因為我還沒遇過哪個同年齡的小朋友，會坦承自己「喜歡文字」。

「妳不覺得文字很像食物嗎？」她盯著印出來的字彙。「有各種滋味，在嘴裡嘗起來完全不同。就算『聰穎』和『才思敏捷』的意思差不多，但讀起來的感覺就是不一樣。『聰穎』前半截像是汽水一般衝出來，最後又一口氣吞下去；『才思敏捷』有點像口香糖。才—思—敏—捷。咬下去很有嚼勁。」

我不太確定該如何回應，我以前從沒用這種角度看待文字，聽完她的論點後，我腦中七嘴八舌地發表評論，實際上卻半句話都說不出口。

我們以破紀錄的時間完成所有的配對，請史帕林老師過來。她笑出聲來。「我可沒有更難的字卡啦。」她的語氣帶著歉意。「妳們只能先自己讀書了。」

對於這個指示，小梅似乎很開心。她和我都從自己的抽屜裡抽出書。我已經放棄《波麗安娜》了，因為昨晚做了被逼著吃牛腳凍的惡夢，到現在還覺得反胃。現在我朝《黑神駒》（*Black Beauty*）進攻，書裡講的是一匹馬的故事，可是一點都不溫馨、夢幻。故事背景離現在有點久，叫做黑美人的馬兒遭人虐待。我對馬沒什麼興趣，但這個故事很棒，即使有些句子有點太長。尤其先前聽了小梅關於文字的論點後，我好想好想大聲讀出書中的文字，感受它們的滋味。

我偷瞄小梅的書。她正在讀《安妮日記》（*The Diary of a Young Girl*）。

「日記？」我無意質問，聲音卻自然而然地冒出來。我唯一讀過的日記是有個小女生發現她其實是公主，劇情有點蠢。「是什麼樣的日記啊？」

「和戰爭有關。」小梅說。「故事裡的女生——她叫安妮——得躲起來避開納粹的追捕。」

我知道納粹。我曾讀過一本書，裡面的德國男孩和納粹集中營裡面的猶太男孩交朋友。那個故事讓人心情很不好。

「是誰寫的啊？」

「就是她呀，那個女生——安妮。這不是憑空捏造的故事，而是真實發生過的。現在她真的很有名。」

「她出版了自己的日記？」

「沒有。她死了。」

我糊塗了。「那妳怎麼讀得到她的日記？」

「戰爭結束後，她父親找到這本日記。」小梅眼中泛淚。「克麗索，真是太可惜了，安妮死後沒多久戰爭就結束了。要是她再撐一下下……。」她吸吸鼻子，抹抹眼睛。「總之這本書很好看。妳應該要讀一讀的。」

「或許吧。」我被她的介紹迷住了，也讓她看看我自己手上的書。「我正在讀這本。」

「喔，我好愛《黑神駒》！」小梅大叫。「可是金潔好可憐！」

「金潔怎麼了？」

她摀住自己的嘴巴。「喔……對不起！我什麼都不該說的！妳應該還沒讀到那裡吧？」

「讀到哪裡？」

「我不能說！不能說！」她一副要抓狂的模樣。「喔，我最討厭有人洩漏劇情了！真的很對不起！請原諒我！」

「沒關係啦。」眼見她如此激動，我不由得有些在意，很想知道金潔究竟發生了什麼事。希望這本書不會讓我做惡夢。

小梅這才鬆了一大口氣。「謝天謝地，我保證不會再多說半個字了。」她比出拉上嘴巴拉鍊的手勢，接著又拉開拉鍊：「我就知道我們喜歡同樣的書。昨天我看妳在讀《波麗安娜》。這個書名唸起來就像……棒棒糖，或是某種漂亮的結晶體。感覺好好吃。我也好想有個厲害的名字，就和妳一樣：克麗索。妳的名字和加勒比海上的某個民族音樂一模一樣！超棒的！」

「喔。」我不知道該說什麼。

「所以我才拿樹枝拼妳的名字，因為我好喜歡這個名字，喜歡到想要寫在地上好好讀一讀。」

「這樣啊……謝謝。我也喜歡妳的名字。」感覺這樣回應就對了。「很……夏天。感覺充滿希望、絕對『沒』（梅）問題。」我還特地找了一個諧音的雙關。

小梅瞪大眼睛，輕輕地「喔」了一聲。「妳解釋得真好。這下我更喜歡自己的名字了，謝謝。」

我低下頭，有點尷尬。「恐怕我沒辦法讀完《波麗安娜》了。我……呃……做了牛腳凍的惡夢。」

小梅的鼻尖微微皺起。「噁，感覺很恐怖吧？我去查過了，那是一種果凍，做法是把小牛的腳燉爛。不過妳應該知道吧，店裡的果凍其實都是這樣來的。」

「是嗎？」我的下巴垮了下來。「亂講！」

「才沒有。那個叫做動物膠。」

我打了個寒顫。「我要是沒讀那本書就好了。」

「喔，如果妳沒讀完就太可惜了。結局害我哭了！不過呢——」她接著又補上一句，「——我幾乎讀什麼書都會哭。妳不會嗎？」

「沒……沒有。我不會這樣。」

我們沉默了幾秒。

「喔，所以只有我會這樣囉？」她曖昧地笑了笑，話題就此結束。

過了一會兒，我們又讀起自己手中的書。

我覺得不太對勁，有些沮喪，好像說錯了什麼，卻又不知道自己錯在哪裡，也不知道要如何改善這個狀況。

第四章

回到家，我盯著冰箱看。爸爸果然又忘記去買東西了。裡頭只有半塊起司、兩盒過期優格、一罐醃洋蔥。麵包已經發霉了，不過還有兩三顆略帶青綠的馬鈴薯。起司和洋蔥、馬鈴薯還滿搭的吧？我也許可以把馬鈴薯燙熟，再將所有的東西攪在一起，吃起來應該不錯。

我突然覺得好累，彷彿有一股看不見的力量壓著腦袋和肩膀。我其實不想每天都忙著思考如何張羅晚餐。我曾經在操場上聽到其他小朋友聊到家裡都吃些什麼，有烤雞、馬鈴薯、紅蘿蔔、豆子、肉湯——而且不需要自己動手。他們可以繼續玩耍、看電視或是隨便做什麼，等爸爸或媽媽煮好晚餐。史卡蕾．卡拉罕說她從來沒有收拾過洗碗機或是洗衣機。全都是她媽媽做的。

想到這裡，我突然意識到——明天沒有乾淨的襪子穿了。我應該要趕快把衣服拿去洗，但就是不想爬上樓拿髒衣服，還要進爸爸房間，撿他每次都忘記放進洗衣

籃的衣物。

我坐在餐椅上，凝視著餐桌。我已經在這裡吃了好幾年的飯，桌面都刮花了，還留下幾道凹痕。幾個地方沾上黏答答的果醬或蜂蜜，我應該要拿抹布擦乾淨——不過花一分鐘就能做好的事，我就是無法說服雙腿站起來，或伸長手臂去拿抹布。

我的思緒慢了下來。這一刻為什麼如此辛苦？我明明可以上樓進書房。不論是讀點喜歡的書；或是呼吸帶著油畫顏料的空氣安撫情緒都好，可是我好像成了動彈不得的銅像。

今天在學校發生什麼事？小梅和我……「小梅和我」這個詞怪怪的，即使只是我在腦中的自言自語……我們說過話、產生羈絆……然後斷裂了。是我搞砸的嗎？我不知道。**有時候談話的規則好難捉摸**，我還是習慣閉上嘴巴，或者是獨自一人就簡單多了。

不知道坐了多久，耳邊只聽到廚房裡的時鐘指針滴答滴答，冰箱發出微弱的打嗝聲。我覺得好空虛。

爸爸突然晃進廚房，打開燈。我眨眨眼，愣了一會兒。是我期盼陪伴的意念把他召喚過來的嗎？

「哈囉。」他訝異地打招呼。「妳怎麼不開燈？還好吧？」

我咬住嘴唇，因為我覺得快要哭出來了，我知道他不喜歡我這麼做。我沒辦法開口，只能聳聳肩。

爸爸走上前，坐下來。「妳看起來好傷心。我可以幫上忙嗎？」

這時，淚水沿著我的臉頰流下，我無法阻止嘴唇幼稚地顫抖，胸中彷彿有一組活塞，擠壓出陣陣啜泣。

爸爸看起來焦急萬分，伸手拍拍我的肩膀。「天啊，克麗索，妳生病了嗎？」

我搖搖頭，說不出話。

他放鬆了些。「喔，很好。嗯，開心點。我保證事情沒有那麼糟。」

我好想被他抱住，在他的襯衫上抹眼淚，這樣一定會讓我感到無比安心。但爸爸卻伸直手臂，在我們之間拉出距離，每當我稍稍湊上前，他就微微後退。或許他想提醒我內在力量的重要，但我真心只希望他抱住我就好，像是遊樂區的其他小孩哭起來時，他們爸媽的反應。

我僵著身子，抖個不停，淚水源源不絕地落下，他擔心地拍拍我的手臂。我哭得更兇了，因為**我氣他連這麼一件事都沒辦法為我做好**——也因為我好慚愧，自己怎麼如此脆弱，無法忍住情緒。

過了幾分鐘，我終於控制住翻湧的心情，爸爸點點頭。「很好。現在我們可以談了。要我泡杯茶嗎？」

「沒有牛奶了。」我突然冒出一句。

「是嗎？喔！」他想到了。「我沒去買東西。抱歉，克麗索。我忘了。我在看一篇迷人的網路文章，主題是西西里的檸檬園以及他們對嫁接樹種的尖端實驗。」

我很想大聲回他：「誰管你啊？你怎麼可以沒去買東西？你明明答應過了。還說什麼以童子軍的名譽起誓。」我拚命尋找可以支持自己不朝他大吼的內在力量，卻不知道要往哪裡找。

「沒差。」最後我只能這樣回他：「我只是不知道晚餐該吃些什麼，我已經有點餓了。」

爸爸靠過來，對我笑了笑。「這可不行。看看我有什麼辦法。」他站起來，打開櫥櫃。「嗯，我們剩下的東西不多了吧？啊！義大利麵！還有……嗯……」一個個塑膠袋和紙盒堆到桌上，大多所剩無幾。「我們應該要好好清理一番，對吧？」

「我想應該沒剩多少東西可以用。」我盯著一包年代久遠的扁豆。上頭印著「保存期限：二〇〇六年。」

「喔，不用擔心那麼多。」爸爸說：「保存期限只是參考用的。製造商印上這個只是基於法律規定，就算過期幾年還是可以吃。」

「就算是這樣，這也過期太久了吧？我想我們應該要把這個丟掉。」

「好吧！應該如此。我們還有什麼？」

等我丟了所有過期兩年以上的包裝瓶罐（爸爸堅持留下其他的），還有被老鼠咬過的米香穀片之後，桌上只剩下一小堆賣相很驚悚的東西。

「嗯。」爸爸看著那些食材，臉垮了下來。「雖然不確定可以做到什麼程度，不過我來試試看吧。」

他拎起平底鍋和整袋馬鈴薯，開始哼歌——我已經好久沒聽到他哼歌了。氣氛突然變了，我從抽屜裡找出蠟燭，照著先前在書中讀過的情節，把它插在缺角的碟子上然後點燃。現在我家的廚房像是回到戰爭時期，我們父女倆靠著配給的糧食苦撐、躲避空襲——就像是在玩扮家家酒一樣，我很喜歡想像各種情境。

「爸爸。」我突然想起稍早的事情。「你知不知道有個女生，在戰爭時寫了一本日記然後就死掉了？然後她爸爸幾年後找到日記，拿來出版？」

「安妮．法蘭克。」爸爸一邊說著，在茶壺裡裝滿水，四處翻找削皮刀。「戰爭的時候，她和家人躲在阿姆斯特丹一間辦公室的閣樓上。」

「他們不能出去嗎？」我問。

「不行。猶太人不准上街、買東西、進出公共場所。違反規定就會被逮捕。」

我點點頭。「所以真的有這個人囉？」

「是啊。在躲藏期間，她不斷地寫日記。後來他們家被人出賣，全家人被關進集中營，安妮就死在裡頭。」

「喔。」我想到小梅介紹這本書時猛擦眼淚的模樣，我現在終於懂了。這個故事好悲傷，就和之前那篇德國男生的故事一樣。「安妮喜歡讀書嗎？」我問。

「嗯，她很積極閱讀，還有學習。她想當記者。」

我點點頭。聽起來，安妮和我是同一種人。我決定接下來一定要讀這本書。

「鏘鏘！」爸爸端上晚餐。餐盤裡堆滿了黃色、粉紅色的塊狀不明物。

「這是什麼？」我小心翼翼地問。

「馬鈴薯驚喜盤！」他笑得燦爛。

我也笑了。看他這麼開心，我也很高興。還有這盤神祕的料理，儘管乍看有些詭異，但鼓起勇氣吃下去後，才發現其實一點都不難吃。其中幾口濕濕黏黏，幾口鬆鬆脆脆，總之是起司、馬鈴薯、蕃茄……大概吧。熱呼呼的吃起來很滿足，我全部吃完了。「爸爸，謝謝，我超喜歡的。」

「要說『我非常喜歡』。」他糾正我。

「我還有點餓，你的驚喜盤裡還有嗎？」我不想理會他的語言潔癖。

他笑了幾聲。「抱歉，櫃子裡實在太過荒蕪，我明天**一定**會去買東西。」

我瞥了他一眼。

爸爸見狀，連忙道：「一定！一定——我今天會完成期刊的校對，明天早上第一件事就是去超市。妳可以幫我列個清單，我就不怕忘東忘西了。」他難掩興奮的神情。「還有……我還沒打算告訴妳，可是……我準備要把原稿寄給出版社了！」

「你的那本歷史書？」我愣住了。「寫完了嗎？」

他點點頭。「沒錯。雖然還需要修潤，日後也會有更多科學新知推翻檸檬的生長研究……不過我認為現在時機正好。」

「喔，爸爸！」我忍不住起身抱住他。

他稍稍閃避，輕輕拍了拍我的背，彷彿不確定雙手要往哪裡擺。

「太棒了，你太厲害了！」我興奮地再往他靠近。

他又一次輕輕把我推開。「我非常開心。」他笑得這麼燦爛，我幾乎認不得他了。他的臉完全變了個樣，要是拿他這一刻的照片給我看，我一定會問：「這個人是誰？」或許他在媽媽過世之前更愛笑，只是我怎麼想也想不起那段過去。

第五章

隔天，在美術課上，我對小梅說：「我爸爸一直在寫書，那本書要出版了。」

接著我倒抽一口氣，被自己說出口的話嚇到。我為什麼要告訴她？

小梅的畫筆懸在顏料瓶跟紙張之間，她一臉佩服。「真的嗎？什麼樣的書？」

「那是一本很重要的歷史書。」我的臉有點紅。「叫做《檸檬的歷史》。」

「檸檬？」小梅有些困惑。「哪種檸檬？」

「就是檸檬呀。我的意思是，**所有的檸檬**。主題是從以前到現在，關於檸檬的一切：它們從哪裡來、有什麼用途等等。」

「哇，聽起來很不得了。」她把畫筆插回顏料瓶。

「沒錯。他已經寫了好幾年了。」

小梅點點頭。「可以把自己的名字印在書本封面上，那種感覺一定很棒。」

「我知道。」

「等我長大，我也想寫一本書。」小梅說。

我忍不住答腔：「我也是！」

這件事我沒和任何人提過。我們凝視彼此，隱形的雄心壯志將我們緊緊相繫。

小梅變得嚴肅萬分，她眼中閃著不同的光芒，那是一種認同的眼光。「我就知道妳和我心靈相通。」她輕聲說。

我深深吸氣，慢慢吐氣。「妳讀過《清秀佳人》。」

「當然了。我們就像是裡頭的安妮和戴安娜。」

「我想當安妮。」我馬上選角。

「妳是啊。」她贊同。「因為妳的頭髮是紅色的，還讀過好多書。我的頭髮是深棕色的，總愛哭哭啼啼，就和戴安娜一樣。」她突然咧嘴一笑，我彷彿看到太陽升起。

在不經意間，我們成為朋友。

第六章

上課的時候兩人坐在隔壁，已成為我和小梅的默契。休息時間我們一起去操場，帶著自己的書，找個安靜的地方坐下來；下雨天時，就去學校的圖書館。即使午休期間學生不該進圖書館，但管理員西蒙斯先生和我認識很久了，從三年級開始，他總是偷偷放我進去。看到我帶著小梅上門，他也只是微笑點頭，彷彿和我們共享了一個不為人知的祕密。

小梅把她的《安妮日記》借給我，內容實在是太引人入勝了。在閱讀期間，我幾乎不吃不喝，要是膽子夠大的話，我還想蹺課趕進度呢。終於讀完整本書的時候，我差點哭了出來，感覺喉頭後方熱辣辣的，但我用力吞下淚水。安妮的確擁有內在力量，而且非常強大，但她都離開了那麼多年，我實在沒必要為了她的故事哭泣。我應該要學著向她看齊。

安妮懷抱著志向和夢想——非常非常多。她想當作家，所以開始寫日記當作練習。她這輩子想做的事情實在太多了，卻等不到實現的機會。

要是我在成為作家之前就死掉的話，該怎麼辦？

小梅和我認真地討論起這個話題。

「我們應該**從現在就開始寫**。」她說：「這樣一來，假如很早就死掉的話，我們還能留下遺作，就和安妮一樣。」

「老實說，我已經寫了一些故事了。」我小心翼翼地透露。

小梅眼睛一亮。「太酷了！可以借我看嗎？」

於是隔天我帶了一篇故事給她讀。劇情是一個小女生和她的幾個朋友，在核子戰爭後僥倖存活，他們得試著重建社會、立定新法律，克服心理障礙宰殺生物、採食等等。我用筆記本寫了五十三頁，把本子遞給小梅時，掌心有點冒汗——如果她不喜歡的話，我們還會是朋友嗎？

小梅在午休時間讀完整篇故事，眼睛沒有離開過筆記本，默默地不斷翻頁。我緊盯著她，一邊猜測她會有什麼感想，只要她笑一下或是訝異地瞪大眼睛，我的心跳就漏了幾拍。我試著移開目光，因為我讀書時最討厭別人盯著我看，但還是忍不住一直偷瞄，看她是不是快讀完了。

她終於闔上筆記本，嘆了口氣，對我露出最燦爛的笑容，我這才放鬆下來。

「我好愛這個故事，劇情真的好刺激喔！還有他們不得不殺掉兔子煮來吃的橋段，我都起雞皮疙瘩了！雖然目前的結局很完美，可是我好想知道接下來的發展。妳有想寫成系列嗎？」

我猶豫了一下。「原本有這個打算，不過後來我想到別的故事，就先去寫那一篇了。」

「喔，我真的認為這個故事可以發展成一個系列。」她又熱烈地補上：「我們可以一起寫！關於他們接下來要做的事情，我有好多靈感！」她沉默幾秒。「不過……這是妳的故事……妳可能不希望我插手吧？」

我還沒和別人合寫一個故事，但如果要我挑選寫作的搭檔，我會選小梅，非她莫屬。於是我對她笑了笑，事情就這麼定下來了。

小梅帶來全新的A4硬皮筆記本，在接下來的幾個星期，我們每天午休都坐在一起，寫下新的章節。我負責動筆，因為我的字比較整齊。小梅閉著眼睛，高聲說

出自己的想法。

「遇到那個陌生人時，她應該很緊張、很害怕，因為對方讓她想到以前的某個壞人。」她說。

我笑了。這樣的互動很好，我因此激發了許多新的想法。我們合作得天衣無縫，各自提供靈感、討論各種橋段。我從公共圖書館借來一本《如何寫作》，和小梅一起細細咀嚼。

「也許我們可以出版這個故事。」小梅說。

「不行。我們得要連續寫上好幾年，才有足夠的經濟能力。」

可是小梅耐不住性子。隔天她喜不自勝地來到學校。「我知道了！我們可以把故事貼在網路上，讓別人付錢繼續往下讀——這樣可以賺一點錢！」

這個誘惑太過美好。如果可以賺到足夠的錢，那會是不小的幫助。但我們家似乎總是不太寬裕，而且比起自費出版，我還有其他更想買的東西。

「我不知道要怎麼做。」我說。

「我知道。」小梅信心滿滿。「昨晚我用家裡的電腦，上網看了相關的論壇。」

我想到爸爸放在書房的電腦，開機的次數少之又少，真想借來用用，可是電腦放在他的辦公桌上，而爸爸總是盤據著那個位置。如果我有錢的話，也能買一台自己的電腦了吧？

「那麼，我們來試試看吧。」我說。

第七章

「明天下課以後，我可以去小梅家嗎？」我問爸爸。

他沒有抬頭看我，只對著稿子皺起眉頭。「小梅是誰？」

「那個新轉來的女生。喔，現在已經不算新了。」

「妳為什麼想去她家？」他舔舔手指，翻過幾頁稿子，雙眼掃視一行行文字。

「啊——參考文獻在這裡。」

我不太確定該怎麼解釋。「她是我最好的朋友。」

這句話終於讓他抬起頭來。「最好的朋友？妳有最好的朋友？」

他的感覺就像在問我「妳有養獨角獸？我怎麼不知道？」——他的語氣就是如此驚訝。

「對。她也喜歡讀課外書。我們正在一起寫故事。」

他盯著我看了一會兒，似乎這個概念很難以理解。然後他微微勾起嘴角，朗聲贊同道：「喔，很好啊。」

我這才發現自己一直在憋氣。「所以……我可以去囉？」

他點點頭。「當然，為什麼不行呢？」

我太高興了，簡直欣喜若狂。

第八章

小梅家隔壁連了一戶鄰居，屋前有座小院子，將房屋和馬路隔開。庭院裡有一小片花床，種著粉紅色和紅色的花朵，一塊塊石板連接到前門。進小梅家時得先脫鞋，感覺怪怪的。要是我在家裡脫鞋，雙腳就會凍成冰塊，不過她家鋪著軟綿綿的地毯，屋子也不會透風。

小梅的媽媽開車來接我們，她家的車好乾淨、車殼好亮，行駛間也不會發出怪聲。我坐在小梅和他的弟弟克里斯多夫中間，他今年八歲，除了愛挖鼻孔以外一切OK——我的意思是一切都「還好」。小梅的媽媽問我們今天過得如何，隔著後視鏡對我微笑。她的身材適中，圓臉看起來好溫柔，頭髮亂翹，總是掛著笑容。她展現出「媽媽」應該有的溫暖與友善，讓我心底有點痛。我努力擠出微笑。

一進門，小梅就對她媽媽說：「我們要上樓去我房間。」於是我跟著她上樓。

小梅的房間像是一鍋大雜燴。有一面牆貼著漂亮的壁紙，邊緣的膠帶痕跡好明顯。她在另一面牆的白色背景上，畫了幾個大大的黑色長方形，其中一個長方形裡填滿了藍色、綠色麥克筆畫出的圖案，另一個長方形還沒畫完。她有一座衣櫃、一座五斗櫃，還有一張床，淺綠色的床單印著雛菊花樣。一大塊橢圓形綠色毯子占據大半地面，上頭也有白色雛菊圖案。這個房間感覺像是一座森林裡的畫廊。

當然還有書。很多很多書，塞滿整個書櫃，我想像書本的紙張像瀑布似地往地板延伸的畫面——光是想到這一幕，我馬上就覺得舒服極了。

「哇，是《奇蹟男孩》（*Wonder*）[5]耶！」我叫出聲來，抽出那本書。「我還沒看過呢！」

「可以借妳看呀。」小梅從床邊矮櫃的抽屜挖出筆電，時髦閃亮的銀色外殼令我讚嘆不已。我沒想到她竟然擁有自己的筆電，還以為他們和我一樣，全家共用一台電腦。要讓多少人買我們合寫的故事，我才有辦法負擔這種玩意兒呢？

5 美國作家R．J．帕拉秋二〇一二年出版的青少年小說，二〇一七年改拍成同名電影。

「想看什麼就自己拿吧。」小梅對我點點頭，一邊等著電腦開機。

我貼著書櫃緩緩移動，緊緊盯著每一本書，深怕錯過什麼。這裡有賈桂琳・威爾森（Jacqueline Wilson）、路易絲・倫尼森（Louise Rennison）、瑟莉亞・里斯（Celia Rees）、希拉瑞・麥凱（Hilary McKay）、琳達・紐貝里（Linda Newbery）的作品。有好多美人魚的故事，擁有魔力的小女生跟惹上麻煩的小男生。我抽出《洞》（*Holes*）[6]、《愛蜜莉的尾巴》（*The Tail of Emily Windsnap*）[7]、《騙徒與間諜》（*Liar & Spy*）[8]、《小碧的假日》（*Pea's Book of Holidays*）[9]。小梅選書的品味和我太相似了，我不由得心頭一暖。**因為我曾經以為只有我的人生被故事「入侵」；只有我寧願沉浸在幻想世界裡，不願理會現實世界**。

架上有一本蘇珊・庫伯（Susan Cooper）的書放顛倒了。「這是《黑暗正升起》（*Dark Is Rising*）系列的其中一本嘛。」我說。「我很喜歡這套書。」

「我也是。」小梅附和。「不過那個系列都沒有讓我哭出來。」

我暗自竊笑。若想得到小梅的滿分好評，那本書一定得讓她哭得洪水氾濫。

「好啦。」小梅拍拍身旁的床墊。「妳來看看這個。」

接下來的一個小時裡，我們在網路上四處查閱，瀏覽了各式各樣教人在網路上出書的建議。

「妳看，只要做成電子書，就可以在網路商店販賣喔。」小梅說：「我有自己的銀行帳戶，或者我們也可以去合開一個新的戶頭。」

不查不知道，網路上真的到處都是幫手，大量的資訊卻弄得我頭昏眼花，於是小梅建議我們下樓喘口氣。

小梅的媽媽在用餐室裡，桌上鋪著一大塊像是絲綢的布料，她不斷從小罐子裡捏起銀針，小心翼翼地固定布料。

---

6 美國作家路易斯・薩奇爾（Louis Sacher）一九九八年出版的經典小說，二〇〇三年改拍成電影《別有洞天》。

7 英國作家莉絲・凱什爾（Liz Kessler）從二〇〇三年開始出版的系列作品第一集。

8 美國小說家蕾貝卡・史提德（Rebecca Stead）二〇一二年出版的冒險小說。

9 英國小說家蘇西・戴（Susie Day）二〇一四年出版的兒童小說。

「好漂亮喔。」我看得目不轉睛。這塊淺綠色的布料帶著特殊的光澤，從不同的角度看起來就像金色，上頭繡著紫色的小花。「要做成什麼東西呢？」

「新裙子。」小梅的媽媽直起背脊，揉揉後腰。「很漂亮吧。」

「太美了。」我好想摸摸這塊布，但是不敢伸手，我還沒洗手呢。我只是死盯著這片金綠色的波濤，想起媽媽以前的一幅畫，目前掛在玄關，那裡光線陰暗，一時之間很難看清畫布上的是什麼。她畫出日落時分的田野，野花和草地被陽光染成金色。想到這裡，我突然發現喉嚨裡堵了一團硬塊，我趕緊嚥下去。

幸好小梅沒有發現。「來吧，我們到外面去。」

我跟在她背後，企盼地回望餐桌一眼。「妳媽媽會做很多衣服嗎？」我猶豫半秒才說出「很多」，因為爸爸不喜歡這個詞，不過小梅沒有糾正我。

「大概吧。」小梅說：「她以前很常替我和弟弟做裁縫，現在比較少了。」

「為什麼？」要是我有一件用那塊美麗的布料做成的新裙子，我一定高興得跳起來。

小梅聳聳肩。「穿著媽媽做的衣服有點尷尬。我寧願穿外面賣的成衣，妳不會這麼想嗎？」

才不會呢，我想這麼回答，但終究沒有說出口。店裡販賣的商品全都同一個樣，我喜歡製作、擁有獨一無二的原創物品，全世界沒有第二個人和我一樣。例如其他人寫不出的故事，或是除了我之外，任何人都畫不出來的圖畫。

克里斯多夫在院子裡，手上拿著放大鏡和粗塑膠管，他的手指沾滿泥巴。

「你在幹嘛？」小梅問。

「做蟲蟲牧場。」他沒有抬頭。

「什麼？」小梅又問。

「我想他說的應該是飼蟲箱。」我看著他在地上亂挖。「我爸爸以前校對過一本談永續生產的書，裡面有好多自己種蔬果、做奶油之類的奇妙想法。飼蟲箱類似放堆肥的箱子，只是裡頭加了蟲子，腐敗的速度會更快。」

小梅皺皺起小巧的鼻子，對克里斯多夫說：「噁。你不會把這些東西拿進家裡吧？媽媽一定會抓狂。」

「才不會。」克里斯多夫從花床土裡扯出一條蟲子。

「喔，你不應該直接觸碰牠們。」我對他說：「人類的皮膚太酸了——你會傷到蟲子。」

「不要亂講。」克里斯多夫把蟲子放進塑膠管。「反正我也沒有摸太久。」

「我沒有亂講，這是真的。而且我不認為你有找對蟲子。」

他轉頭瞪著我。「妳在說什麼？」

被他這麼一問，我突然有些緊張，畢竟爸爸校對那本書已是好一陣子前的事了——至少有六個月了——我記得不太清楚。「我覺得你應該要用某些特別品種的蟲子，而且最好要去專賣店買。」

克里斯多夫哼了一聲，繼續找他的蟲。「我相信這些就夠了。反正蟲子做的事情不都差不多？牠們只會從一邊吃東西，另一邊拉出泥土。」

他真的錯了，只是我沒有信心繼續爭辯。小梅曾說過克里斯多夫只喜歡讀「講事實」的書，所以我不太確定該怎麼和他說話。本來就是嘛，到底該如何和不喜歡故事書的人說話呢？

「你真的很噁耶。」小梅別開臉。「克麗索，別理他了，我們來做別的事情。這裡太噁心了。」

他們的院子中央有棵蘋果樹，繩索做的鞦韆從樹枝間垂下。我跳上去試了幾次，卻不斷滑下來——這時我瞄到院子的盡頭藏著什麼東西，被灌木叢蓋住一半。

「那是……迷你小木屋嗎？」我倒抽一口氣。

「喔——對啦。只是快被樹木淹沒了。沒辦法進去玩。」

「妳從沒進去玩過嗎？」我真不敢相信。小梅有棟**真正的小木屋**！小時候我讀過幾個和小木屋有關的故事，有個小女生和她的朋友在森林裡有個祕密基地：那是一棟破破爛爛的小屋子，只有她們知道。另一個故事則是住在樹屋裡的小男生，他每天都吃莓果和樹根維生，養了松鼠當寵物。

讀過這些故事之後，我發了狂似地說服爸爸替我蓋樹屋，可是他說不知道要怎麼做。因此我只好自己想像，幻想自己在院子裡擁有一間迷你小屋，就這樣連續做了好幾個月的夢——小梅有這樣的好東西，卻不曾好好使用？

我跑過去，推開小門。這間小屋方方正正，其實還挺大的——至少比我想像中還大——樹叢遮住窗戶，所以屋裡很暗，不過裡頭的空間仍足夠讓我鑽進來坐在地上，還能再塞三、四個和我同年紀的小朋友。

「妳別坐啊！」小梅說：「地上應該是濕的。」

太遲了，我的制服裙子頓時濕了一片，回家後得拿去烘乾了。

「喔。」我有點喪氣。「也許我們應該要在這裡鋪個墊子。」

「鋪墊子也會濕掉，水氣是從地板下冒出來的。」

「不能修好嗎？」我問。「這裡是我們寫故事的好地方！」影像有如煙火，在我腦中炸開：軟墊、窗簾、檯燈、筆記本。我和小梅坐在屋裡，拿著紙筆，花上好幾個小時編纂情節、計畫、寫作。

「這裡太暗了。不過或許可以稍微修掉外頭的枝葉？陽光就能照進來了。」

「你們之前怎麼不動手？」我心中的激動源源不絕地冒出來。「如果我搬進新家，發現院子裡有個小木屋，一定會先把它打理好的！」

小梅聳聳肩。「這個嘛，克里斯多夫沒興趣，我也不想自己在這裡玩。」

我輕聲嘆息。我一直都是自己玩耍，沒有手足陪伴。在我出生之後，爸媽決定不再生孩子了。媽媽以前常說我們是「完美的三人家庭」，但現在我不知道該對此感到開心還是悲傷。我已經想不起媽媽的聲音了——假如我有弟弟或妹妹，就能和他們討論這些事……我有次試著問爸爸為什麼我是獨生女，他也只是聳聳肩，說現實就是如此。不過現在我有小梅了，我們幾乎就像親姊妹一樣好。

「我和妳一起動手吧。」我說：「我們來整修小木屋。」

小梅笑了。「真是個好主意。我媽媽可以幫我們做窗簾，說不定爸爸可以想辦法修好滲水的地板。」

「我願意拿我的書房換一棟小木屋。」我望著空蕩蕩的牆面，興奮湧上心頭。眼前閃過各種情景：閃爍的燭光、架上放著各種大小顏色的書本、窗前掛著珠簾……這裡一定會成為全世界最完美的角落：我的避風港，專屬於我的祕密，只有受到邀請的人才知道。

「妳有**書房**？」小梅瞪大眼睛。

「我家有兩間。」我得意地回答。「爸爸有一間，我有一間。原本是多出來的空房。」那是媽媽以前的工作室。一瞬間，我想起小梅的媽媽——她帶著笑意的溫暖臉龐——突然一陣心痛向我襲來，這是因為悲傷？還是嫉妒？

我願意拿我的書房——**再加上小木屋**——換回我媽媽。

小梅張大嘴巴。「妳有一整個放書的房間？我可以看看嗎？」她一臉崇拜。

「我說真的，可以找一天去妳家拜訪嗎？」

「喔，這個……」我從來沒有邀請過任何人來我家，我甚至從來沒有想過這件事。爸爸會怎麼說？我一時愣住了。接著，心底的聲音漸漸增強。小梅是我最要好的朋友！交朋友是件好事，**這不代表我沒有內在力量**。「當然囉。」我充滿信心地承諾。「隨時都可以。」

「小梅！克麗索！」小梅的媽媽從後門呼喚。我爬出小木屋，和小梅一起踩著草地回到主屋。「克麗索，我現在就該送妳回家了吧？」

「喔，媽，不能讓她留下來吃晚餐嗎？」小梅問。

這個提議讓我有點飄飄然，肚子也很識相地咕咕作響。我敢說他們家的晚餐不會只吃豆子配吐司。

小梅的媽媽看著我。「我不確定耶。克麗索，妳爸爸會答應嗎？我們不是說好要在五點送妳回家？」

可是回到家，我就得自己做晚餐，拜託，只要一次也好……。

「喔，我相信我爸爸不會介意的。」我說得心虛。「他在忙著工作。」

小梅的媽媽說：「如果妳覺得沒關係，那我很樂意留妳下來吃飯。不過我該打電話給妳爸爸，通知他一聲。」

爸爸工作的時候最討厭被人打擾了，而且萬一他說不行呢？要是他要我依照約定，在五點回到家呢？

叛逆的欲望盤據我的腦海。「不用了，這樣很ＯＫ。」我還故意用了這個爸爸最討厭的字眼，細細品嘗這份滋味。「我爸現在應該正在忙，通常要過了晚餐時間才會看到他。」

小梅的媽媽拋來疑惑的眼神，但她還來不及開口追問，就被克里斯多夫打斷。他從遠處走向我們，卻在門前被自己的鞋帶絆倒——手上那滿管子的蟲全撒在草地和他媽媽的腳上。

小梅的媽媽失聲尖叫：「**克里斯多夫！**」笑意瞬間在我心中擴散開來：謝天謝地，還好有這些蟲子引開她的注意！儘管如此，我還是用盡力氣憋住笑聲——小梅的媽媽已經很不高興了，要是還被我取笑，她大概會生我的氣，到時候我就得被送回家。

「喔，不！」克里斯多夫滿地亂抓，想撿回蟲子。

眼前這荒謬的景象惹得我抿起嘴唇。

「小梅！快來幫我啦！」他哀求。

「我才不要！」小梅一臉驚恐。「克麗索，來吧，到我房間擬定小木屋的改造計畫。」

她拉著我跑上樓，我轉頭瞄到克里斯多夫正把滿手的蟲子丟進小水桶，而他小梅的媽媽一邊訓斥、一邊甩掉鞋子裡的蟲。多虧克里斯多夫引開她的注意，這一幕

蟲蟲危機真的太滑稽了，就像卡通裡的場景一樣，真希望能留住這一刻。

我其實很愛笑，要是我也有個弟弟，家裡會不會更歡樂呢？

第九章

小梅和我開開心心地討論了半個小時，針對小木屋的整修畫了設計圖，還列出各種計畫。就像專心讀書的時候一樣，我完全忘記了時間的流逝，不過這次我不是自己一個人在腦海裡自言自語。我漸漸領悟到為什麼很多人都有好朋友。小梅的提議實在太妙了，我忍不住勾起嘴角，因為我很清楚自己絕對想不到那些點子。

她的想法觸發了我的靈感，我們一起讓那些主意生根發芽。真是太棒了。和別人合作創造某件事物，真的能帶來雙倍的樂趣。真希望這個午後可以持續到永遠。

小梅家的晚餐是俄羅斯酸奶牛肉，我第一次吃這道菜。濃郁的奶味溫暖了我的腸胃，好吃到我不願相信，世界上還會有比這個更美味的菜餚。

小梅的媽媽笑著說：「妳應該很餓了吧？」

「嗯。」我看著自己的盤子，上頭乾乾淨淨的。我知道爐子上還有半鍋——我看到了——可是小梅的媽媽並沒有招呼我，如果我自己開口問又好像不太禮貌。就

在我猶豫的同時，她從裡頭端著巨大的巧克力慕斯走出來……沒錯！是布丁！

「我還沒有在家裡吃過布丁耶。」我激動地說，同時挖起一口塞進嘴裡……簡直是人間美味！

「我超愛布丁。」小梅說。「糖漿塔也很棒，還有蘋果派、冰淇淋。」

我已經記不得上回在家裡吃到這些點心是什麼時候了。

「我最喜歡吃麵包屑。」克里斯多夫不認輸地說，嘴裡塞得滿滿的。儘管他媽媽勒令他洗三次手，他的指甲縫裡還是卡滿了棕色的泥土。她也命令他把蟲子放回花床，他花了一大半的晚餐時間，抱怨自己遭到不公平待遇。想起方才蟲蟲危機的畫面，我又想笑了。

「克麗索，你們家晚餐都吃些什麼呢？」小梅的媽媽語氣輕盈而友善。

「喔，我們什麼都吃。」我希望她能安心。坐在這個溫暖漂亮的屋子裡，吃著美味的大餐，我突然覺得無地自容。我絕對不能讓他們知道我自己煮晚餐，而且菜色大多是豆子配吐司。

「妳媽媽喜歡煮菜嗎？」她問。

我手中的湯匙往碗底挖，沒有抬頭。「我媽媽過世了。」

小梅驚呼。「什麼？我都不知道！」

餐桌上眾人陷入沉默。**我不斷刮著碗底，這樣就不用抬頭了**。我想像他們慌張地互看：接下來該說什麼？

過了一會兒，小梅的媽媽終於開口：「我很遺憾。是最近的事情嗎？」

「好幾年了，那時候我五歲。」

碗裡已不剩半點慕斯，但我依然不斷刮起殘渣，就是不想抬頭。

「我真的不知道這些事。」小梅煩惱地低語。我覺得她其實是對著她媽媽說話，而不是對著我。

我不知道要說什麼。還能說什麼呢？我的視野突然縮小到只剩手中的白色瓷碗，周圍的一切彷彿陷入陰影。

這時克里斯多夫打了個響亮的飽嗝，原本籠罩在用餐室內的陰霾瞬間消失。

「幹嘛？」他的語氣帶著防備。

「你這是在故意惹人生氣嗎？」他媽媽尖聲質問。

克里斯多夫不服氣地反駁：「它就自己跑出來了啊。」

「才怪。任何人都知道自己就快打嗝了，有禮貌的人會緊緊閉上嘴忍住，然後向其他人道歉。」

「我才不知道！」克里斯多夫大吼。

總算擺脫眾人的注意力，我先是鬆了一口氣，接著偷偷抬起頭來看看他們。我真希望克里斯多夫能老實道歉，別再爭辯。但我看得出他越來越生氣，他媽媽的聲音越來越大。

「這是禮貌問題，克里斯多夫，你要變成野蠻人了。」

「我**才沒有！**」

「不准頂嘴！」

我的雙手在桌子下握成拳頭，寒意掃過我全身。他們的聲音好暴躁，好像很討厭對方似的。

「我把碗端出去囉？」小梅的語氣明顯表現出「你們有完沒完啊」的不耐。她站起來，開始收拾桌面。

「我也來幫忙。」匆忙之間，我差點打翻水瓶。

幸好他們母子倆的爭執漸漸平息，克里斯多夫沉著臉溜出去。

收完餐桌後，我正準備稱讚今晚的菜色，小梅的媽媽卻說該送我回家了。

「克里斯多夫！」她高喊。「你可以上車嗎？我們要送克麗索回去囉。」

克里斯多夫的反應令我大吃一驚，他不知從哪裡冒了出來，看起來開心極了，手中拿著某種拼圖玩具。

「我拼好了。」他一邊說著，一邊套上運動外套。「上面說要花半個小時，我十分鐘就解決了。我是天才。」

他媽媽大笑。「最好是啦！」

我糊塗了。他們怎麼這麼快就吵完了？為什麼他們已經不生氣了？那些情緒、那些氣話——全都跑哪去了？上車時，我覺得全身無力，在短短的車程中，幾乎沒聽見其他人說了什麼。

爸爸和我從來沒有吵過架。如果我生爸爸的氣，他也從來沒有跟我爭論過，兩人只是陷入沉默，這時我會走回房間，感覺自己像是一塊挾著電光的烏雲。有時候我得花上好幾個小時才能恢復正常。我真的沒辦法**在幾分鐘之內，就將情緒從憤怒切換到愉悅**。

「克麗索，是這裡嗎？」小梅的媽媽問。

我望向天色漸暗的窗外，看到我家那棟房子。儘管屋子離馬路還有一小段路，但周圍已長滿了過度茂密的樹木和灌木叢，前方的鐵柵門鉸鍊下陷，已經無法完全密合。不知怎麼地，我家看起來好暗，不受人喜愛、缺乏歡樂，和我剛才離開的溫暖屋子形成強烈對比。我這輩子第一次這麼不想回家。

「這裡是妳家嗎？」小梅探出窗外。「看起來像是《神奇的布蘭登先生》（*The Amazing Mr. Blunden*）裡面的房子。」

「那是什麼？」

「很久以前的鬼片。講到這個，你們家有鬼嗎？」

「沒有。」我馬上回答，一邊解開安全帶。「我們家沒有鬼。」

她的臉一沉。「真可惜。」

「我陪妳進門吧。」小梅的媽媽關上引擎，解開她的安全帶。

「不……真的不用了。」

我一陣風似地拎著包包跳出車外。我不想讓小梅的媽媽看見屋子裡的景象。要是看到屋裡又冷又亂、角落積滿灰塵、油漆斑駁剝落，她會有什麼感想？

我連忙湊向她打開的車門，企圖阻擋。「真的。我自己有鑰匙。」我舉起鑰匙證明自己的說詞。」

「我只是想和妳爸爸打聲招呼。」她推開車門，一腳踩上人行道。「先前我們只在電話裡說過幾句話——妳和小梅這麼要好，我們兩個做家長的卻不曾見上一面，感覺有點失禮。」

「妳看。」我急著指向前門左側的窗戶，燈光隔著樹木的枝幹隱約透出來。「那裡是我爸的書房，燈亮著表示他正在工作。他不喜歡被人打擾。」

小梅在後座大叫：「她爸爸要出書了！應該很忙喔！」

小梅的媽媽稍稍猶豫。

我擔保似地露出僵硬的微笑。「說真的，要是我們打斷他寫東西，他一定會臭著一張臉。」

小梅的媽媽望向書房窗戶，總算下定決心。「好吧，如果妳堅持的話。不過我要看著妳進門。」

「克麗索，拜拜！」小梅對我揮手。

克里斯多夫又在挖鼻孔了，但至少他還懂得撇頭掩飾不雅動作。

我走過庭院小徑，插入家門鑰匙，同時轉動門把。接著我迅速鑽進屋內，轉身對外頭的車揮手，看著小梅的媽媽坐回車上，驅車離去。

最後我關上家門，站在幽暗的玄關，腳下是冰冷的石板。我聽著屋內的寂靜，感覺寒風在腳邊打轉。

第十章

爸爸踏出書房時，我剛好樓梯爬到一半。

「克麗索！」他語帶訝異。「我聽到開門的聲音。玩得還開心嗎？」

「嗯。」我說：「謝謝。」**開心**根本就不足以形容方才那幾個小時。

他笑了。「我很替妳高興。該來吃點東西了吧？」

「我……呃……我在小梅家吃過了。」在我回話的同時，他已經鑽回書房，突然又鑽了出來，眉頭往中間靠攏，質問道：「現在快七點了耶！這和我們之前說的不一樣！」

我就知道！**我就知道**他根本沒有注意到時間超過了。換作小梅的媽媽，她一定會發現這個狀況。而且小梅的媽媽一定會很**擔心自己的孩子**。可是爸爸的心思都在工作上，他總是如此。

「我想應該『**OK**』。」我刻意激怒他。「反正你都在工作。」

「妳遲了**兩個小時**才回來！克麗索，妳這樣我不能接受。我很訝異小梅的母親沒有聯絡我，這對於孩子的安全是非常不負責任的態度。」

我無法忍受他批評那位溫柔善良的女士。

我氣呼呼地回應：「人家有想打電話過來，只是我不希望她打擾你。」

而且我怕你會拒絕讓我在她家吃飯。我在背後交叉手指，希望自己不會因為接下來要說的話被老天爺懲罰。「爸爸，**我是為你著想**。反正你知道我在哪裡；你也知道我一向很懂事。」

「這不是重點。」爸爸用了「權威般的」語氣。「或許妳夠懂事，可是妳才十歲，還算是需要保護的弱者。」

我突然覺得好累。「隨便你。」我知道他也討厭這個字眼，我別開臉，瞥見他用力咬牙。「我要睡了。」

我踏上沒鋪地毯的骯髒臺階，繼續走回房間，那一瞬間又突然想到：爸爸的晚餐有東西吃嗎？接著我又氣自己起了這個念頭。他已經是大人了，這點小事可以自己解決。

小梅借了我好幾本書，我帶著《黃泉碧落》（*Over Sea, Under Stone*）[10] 爬上床鋪。我一定也要借她一些東西才行，我手邊有很多書保證能合她胃口。也許我應該進爸爸的書房看看，那裡放了很多媽媽留下的書，等我年紀到了就可以讀。謀殺懸疑小說、搶匪與美女的歷史故事、還有我小時候讀了一定會嚇壞的鬼故事。我已經有一兩年沒注意那幾排書架了，或許我現在已經到了適讀年紀。

我很快就陷入《黃泉碧落》書中描繪的世界，房間消失了，只剩下海鷗的叫聲、繩索狠狠拍打船帆的聲響、古老的魔法。我曾經從公立圖書館借過這本書，不過那已經是好幾年前的事了。我讀了好久好久，心底很清楚要是停下來，我就會想起今天在小梅家度過的愉快時光，有笑聲、美麗的布料、小木屋、蟲蟲危機。我會很傷心，但是我不想傷心。

於是我繼續讀下去，直到某個句子讀到一半，眼睛就閉了起來，我垂下的腦袋壓皺了書頁。

10 英國小說家蘇珊·庫伯一九六五年出版的系列小說《黑暗正升起》中的第一集。

第十一章

星期六，我站在玄關前，凝望著媽媽的畫作好一會兒。即便我開了燈，畫中日落田野景象的色彩，依舊不如我記憶中那般鮮明。最後我爬上椅子，取下那幅畫。好大又好重。

「妳在做什麼？」爸爸從他工作的書房裡呼喚，他又窩在裡頭忙他的檸檬歷史書了。週末他多半還是得工作，所以我很早就習慣自己打發時間。我想像小梅今天會做些什麼。說不定她去了泳池，或者是公園。這些地方我都不想去，但我總有辦法逃避無聊。

「我只是借一幅畫下來看。」我高聲回應。

我扛著畫作上樓梯，搬進爸爸的房間。太陽從屋子正面照進來，光線溜過遮住樓下書房窗戶的蘋果樹樹頂，在房裡舞動。我把畫框靠著床尾，接著後退幾步，重新打量。

沒錯。好多了。這幅畫確實和小梅媽媽那塊閃耀的布料一樣美。綠色與金色，朦朧又美麗，白色、紅色、藍色的小小野花散落各處。我坐在地上，看了好久好久。可以想像媽媽作畫時的感受。

突然間，爸爸的房間、老舊的地毯、褪色的床單，全都消失了，我聽見鳥兒高唱，風吹過草原。陽光晒暖我的腦袋，我知道自己只要伸手，就能摸到那些搖曳的罌粟花。在我看不到的遠處，馬兒拉著一輛吉普賽篷車，緩緩走過原野間的小路。三個小孩子在附近的灌木叢裡搭起祕密基地，他們小小的短腿被荊棘割傷，沾滿溪邊的泥巴。

我不斷發揮想像，盡可能地待在那個陽光普照、綠草如茵的世界。我確定媽媽也在那裡，在我背後的某個地方，只要轉過身，她就會消失，但此時此刻，我知道她真的在。我幾乎可以從記憶中，而不是從相片裡喚醒她的容顏。我想她正在對著我笑。

第十二章

日子一天天過去，我待在小梅家的時間越來越長。早上出門前向爸爸說：「放學後我要去小梅家，可以嗎？」也越來越自然了。

他先是有些困惑，彷彿難以理解我為什麼老是想找她玩，接著露出笑容，點點頭，說：「可以啊。妳交到朋友了，這樣很好。」但有時候他看起來一臉痛苦，我不太懂為什麼會這樣。就算我不在家，他也不會想起我啊。他對我說過好幾次了，強調自己已是獨立自主的大人，不需要有人陪著才會開心。因此我不懂為什麼我出門會惹他不高興。但老實說，我也沒把這些事放在心上，小梅家真的太好玩了。

小梅和我急著想改造小木屋，把它變成我們的**祕密寫作基地**。

小梅的爸爸想說服我們，不值得如此大費周章。「那棟小屋只適合拿來當柴燒。搬過來以後我一直想把它拆掉呢。」

小梅的嘴唇顫抖。「不行！」她大叫。「絕對不能這樣——我們要讓它恢復以前的模樣。」

小梅的爸爸皺起眉頭。他不算高大，但身材寬厚，肩膀結實，頭髮理得很短。他人不錯，只是不像小梅的媽媽那樣熱情。在他身旁，我老是有點緊張，特別是在他皺眉的時候。

「或許我們明年夏天可以重蓋一個新的。」他說。「小梅，我說真的，這間小木屋已經爛透了。」

「才沒有。」小梅連連跺腳。「這裡是屬於我們的小木屋！它很好。」

「才怪！妳自己看！」他抓住屋頂一角，直接扳了下來，在掌中捏碎。

小梅氣惱地驚叫。「不要這樣！不要碰它！如果你不幫忙，我們就自己來！」

看到別人爭吵，我總會感受到冰冷的反胃。小梅家常常吵架，儘管那些爭執通常一下子就會結束，我總是覺得很緊張。有時候，就像現在，小梅會對她爸爸很不禮貌，我不敢相信她竟然會對長輩那樣說話。換成是我，絕對不會想和他爭論。

我本以為場面會一發不可收拾，但小梅的爸爸只是放棄似地聳聳肩，說：「既然妳這麼堅持，我就來幫忙吧，妳別再鬧了。」

小梅露出燦爛的笑容。「爸，謝謝。」就這樣結束了，她達到了目的，而我無法確定自己該愕然還是佩服。

小梅的爸爸費盡全力、氣喘吁吁地搬起整座小木屋，放在鋪好的磚塊上，讓滲水的地板慢慢風乾。小梅和我一起清掉周圍蔓生的植物灌木，陽光得以照進屋內。

她爸爸說得對，小木屋的狀況不太好。屋頂內側有一層厚厚的毛氈，現在已經爛光了。幾根髒兮兮的釘子從角落刺出，實在有點危險。不過我們憑著一股衝勁，懷抱著聯手打造某件事物的理想，缺絲毫未受動搖。隨著改造設計圖和計畫越來越完整，我們的野心也越來越茁壯。

有一天，小梅的媽媽縫好那條裙子，套在我身上。成品太美了，我好想哭。

她看到我的表情，柔聲說：「還有一點剩布，要幫妳做點什麼小東西嗎？可能不夠做成衣服，不過可以做個小包包送妳。」

我吞吞口水，點頭說好，接著跑去廁所躲了幾分鐘，努力控制情緒。我不想讓她看到我哭出來，希望她認為我擁有內在力量。然而我不知道小梅是否了解內在力量為何物，她很常在我面前哭。例如某天我們在院子裡看到一隻死掉的鴿子，顯然是被哪隻貓給咬死的。

「我恨貓咪！」她大聲嗚咽。「可憐的鳥兒！」

我抱住她，她揪著我背上的衣服，淚水沾濕我的肩膀。她的身體起伏顫抖，哭了好久好久。我緊緊擁抱著她，心底有個角落繃了起來，又痠又疼，好像感受到她的情緒，好像我也想跟她一起哭。**可是我沒有，我要為她保持堅強。**

小梅的媽媽看到那隻鴿子的時候，也把小梅摟進懷裡。我注意到她常常擁抱小梅和克里斯多夫，有時候他們會抗拒，但她依舊故我，到最後他們都笑了。我好羨慕。我好懷念被人擁抱的感覺，看到小梅的媽媽抱著他們，我感到悲喜交加。為此，我盡量在每天遇到小梅的時候擁抱她，因為我知道這樣會讓我舒坦不少。

穿上漂亮的衣服也能讓我開心。某個星期一，學校在放期中假[11]，小梅的媽媽說要幫我們的寫作小屋做一些窗簾，接著挖出一大綑布料讓我們自己選。

「太棒了！」我摸著厚厚的緹花緞布，嘆了口氣。「我們的小屋配不上這麼漂亮的裝飾。這塊布應該要做成禮服之類的吧。」

「妳可以把它纏在腰上啊。」小梅提議。「就像是長長的裙子。」

「喔，怎麼可以？如果被我弄壞的話怎麼辦？」

小梅的媽媽又抱著一綑布料走進來。「這裡還有一些棉布。」

「媽，我們可以披著這些布料去玩嗎？」小梅問。

她媽媽猶豫了一下。「應該可以吧，只是妳們要小心一點，不要拿到外面去。還有，記得先洗手，不然會弄髒。」

小梅跟和我度過了快樂無比的時光。那堆布料中有柔軟的絲綢、天鵝絨、緞布、布滿小碎花的夏季棉布，以及幾塊很薄很薄的布，像是婚禮頭紗的材質。

我在身上包了五顏六色的布料，想像我是來自某個遙遠王國的公主。「我們應該要來玩〈夏洛特小姐〉（*The Lady of Shalott*）[12]。」小梅說。「就像《清秀佳人》

裡面演的那樣。」

「只是我們沒有船。安妮最後掉進河裡。要是毀了妳媽媽的布料，她一定會宰了我們。」

「我們可以假裝這裡有一艘船。」小梅披著銀色布料，朝著起居室揮舞手臂。「就用椅子搭成船。妳記得那首詩講些什麼嗎？」

「一點點。」

小梅盯著我看。「我可以幫妳弄頭髮嗎？」

我摸摸自己滿頭固執的紅色捲曲。「怎麼弄？」

她抓起一把梳子。「妳先坐下來。」

---

11 譯註：英國小學在學期間有一個星期的假期。

12 〈夏洛特小姐〉是英國憂鬱浪漫派詩人丁尼生（Alfred Lord Tennyson）的敘事詩，外界公認他的作品最足以代表維多利亞時代的風格。廣受歡迎的系列小說（後改拍成影集）《清秀佳人》中，女主角安妮曾朗讀過這首詩。

梳子無法改善我的髮型，只是讓捲度更加明顯，我的腦袋頓時就像籠罩在一朵紅蘿蔔色的雲裡。

「太神奇了。」小梅手中的梳子不斷卡住。「以前的書裡都寫女生睡覺要上髮捲。妳的頭髮不需要做這些就會自動變捲……我也好想要有這樣的頭髮。」

「不行。妳的頭髮最漂亮了。」我沒有說謊。小梅濃密的黑髮就像糖蜜一樣又直又亮。她弟弟也是一頭黑髮，她媽媽也一樣，漆黑的瀑布垂到腰間。我覺得她媽媽是中國人，或者是日本人。我很想發問，又怕這個問題太沒有禮貌。

小梅撥弄我頭頂上的橘紅色雲朵，抹上香噴噴的乳霜。我望向壁爐上的鏡子，倒抽一口氣。我好像變成別人了——更成熟、更聰明。

「這……這真的……」我摸摸頭髮，這味道好香，聞起來很像那種要價不斐的美味點心。以前從來沒人幫我弄過頭髮。我仔細端詳鏡子裡的倒影，從某些角度看起來——只是一瞬間——和媽媽好像。我凝視著自己，注意到細緻的睫毛，鼻尖與臉頰上的雀斑，勾起一邊的淺粉色嘴唇，正如我房間那張照片裡的媽媽。她穿越時光，從鏡子裡回望著我，我看得目不轉睛。

「哇。」小梅的媽媽打斷我的思緒。「妳就像是從那些浪漫派油畫裡面走出來的人物。」

我臉一紅，轉過頭。我知道她指的是哪些角色：擁有飄逸長髮、身穿中世紀袍子的亞瑟王之妻桂妮薇兒（Guinevere）；或是《仲夏夜之夢》裡的仙后提泰妮亞（Titania）。說不定再過幾年，我這頭亂七八糟的橘紅色捲髮，也能變成和媽媽一樣的美麗紅褐色——就像《清秀佳人》裡的安妮。

「《夏洛特小姐》就是要這樣的裝扮嘛。」小梅說。

我們把兩張椅子拉到起居室中央（披著一塊塊布料有點礙手礙腳），拼在一起湊成小船。

詩裡的夏洛特小姐被詛咒囚禁在高塔上。她不能望向窗外，只能盯著鏡子，成天織布，期待有人能救她離開。有一天，英勇的蘭斯洛特爵士（Sir Launcelot）騎馬經過，她忍不住衝到窗邊，好好看他一眼——就在此時，鏡面頓時碎裂，她奔下樓梯，坐上小船，往小鎮卡美洛（Camelot）順流而下。然而當她抵達時，她已經死了，蘭斯洛特看到她美麗的屍體，很想知道她究竟是誰。整首詩就寫到這裡。

這故事太浪漫了。我雖然不太懂夏洛特小姐是怎麼死的，如果受到邪惡詛咒的影響，我應該也沒辦法逃過死劫。

布置好場景，我假裝自己是夏洛特小姐，在高塔裡織布，衝到窗邊看著英俊的蘭斯洛特爵士途經此處。接著我誇張地腳步踉蹌，想像自己遭到詛咒攻擊，最後跳上小船。小梅幫了一點忙，因為我的腳被裙子卡住，腰間綁著的結以非常不浪漫的方式鬆開。總之我還是安然躺進軟綿綿的小船，雙手在胸前交握，仰望天花板。

「這時候妳應該要握著花朵。」小梅東張西望。「來。」她把一塊白色棉布塞給我，上頭印著藍色的罌粟花。

「只能這樣嗎？」我皺皺鼻子。「就沒有真正的鮮花？」

「等等。」小梅的臉亮了起來。「我想到了。馬上回來。」她消失在玻璃落地窗後頭，我只能練習直挺挺地躺在船上，想像河水輕拍著船身，眼皮慢慢垂落。

「來了！」

我猛然驚醒，小梅遞來一把鮮黃色的蒲公英。現在是十月，外頭已經沒剩多少野花了，她一定費了好一番工夫才摘到這麼多。

「可以嗎？」小梅急忙問道。

蒲公英花束有點小，不太體面，但我不想讓她傷心。

「太完美了。」我接過蒲公英，躺了回去。

我們沉默一會兒。「現在要幹嘛？」小梅問。

「我想妳應該要說些感傷的話。」我再次閉上眼睛，這椅子還挺舒服的。

小梅吸了口氣，展開她動人的演說：「喔，美麗的夏洛特小姐。妳總是……在塔裡，整天紡紗。」

「是織布啦。」我昏昏沉沉地答腔。

「好，妳總是整天織布。」小梅更正。「從未望向窗外，深怕遭到詛咒纏身。直到命運之日……。」

她的嗓音好溫柔，屋裡太溫暖了，椅子又軟又舒服。一切都很美好，直到……。

「哇！」

我瞪大眼睛，彈了起來，摸不清天南地北。

克里斯多夫站在門口，像殭屍一般伸直雙手，白色床單罩住全身。「哇喔！」

他口中怪叫連連，撲向我們。

小梅和我不耐煩地看著他。

「你想扮演什麼？」小梅問。「如果你想當鬼，他們才不會說『哇喔』；殭屍也不會哇哇大叫。而且這兩種都不會披白色床單。看起來你陷入了認知危機。」

克里斯多夫拉開蓋頭的床單，對我們露出凶狠的表情。「我兩種都是！叫我殭屍鬼！」

「嚴格來說他們都死了，所以沒有『殭屍鬼』這種東西，因為這就像是一個人死掉兩次一樣，不可能有這種事情。」小梅以一種實事求是的口吻說道。

克里斯多夫怒火三丈。「是嗎？反正等月底過萬聖節，我要幹嘛都可以。殭屍鬼超酷的。媽媽會幫我做整套的衣服，不管怎樣都比妳們的睡美人好。」

「我才不是睡美人。」我感覺臉紅了起來。「那個故事超笨的。我扮演的是夏洛特小姐。」

他直盯著我看。「誰？」

「你出去啦！去當別人家的小孩！」小梅擺出高高在上的姿態。

克里斯多夫對我們吐舌頭，溜出起居室。我們聽見他咚咚咚跑上樓，嘴裡唱著「克麗索要當**公主**，克麗索要當**公主**……。」

小梅連連嘆氣。「抱歉，他就是這麼白痴。」她轉向我。「妳萬聖節要玩『不給糖就搗蛋』嗎？我們可以一起去要糖果喔。」

「喔，嗯……可是我沒有變裝的衣服。」

小梅哀求著說：「我有一套貓咪裝和一套巫婆裝，都可以借給妳，到時候我們就假裝不認識克里斯多夫。」

「我沒有參加過『不給糖就搗蛋』耶。」我承認。「我家有點遠，所以從來沒有人上門討糖果。你們都去哪裡？」

「喔，不會太遠啦。」小梅說：「搬家之前我們只去認識的鄰居家，我爸爸通常會跟著走，然後躲在角落偷看。」

我不太確定。「可以讓我考慮一下嗎？我要先問問我爸。」即使我早就知道他會怎麼拒絕。他會說那是美國的習俗，不但惹人討厭，還極度商業化。晚上敲別人家的門討糖果一點都不禮貌。但這些話我不能說給小梅聽。儘管我們是超級好朋友，但在許多地方還是大不相同，而且即使同為英國人，小梅的爸爸聽起來卻一點也不介意過個很美國、很商業的萬聖節。

小梅咧嘴一笑。「妳就求他讓妳來玩嘛。」她瞥了起居室中央靠在一起的椅子。「我們來完成《夏洛特小姐》吧。那首詩裡才沒有殭屍鬼呢。」

我笑了。「當然沒有。妳想想，那位小姐望向窗外，看到一道伸出雙手的白影……」我學克里斯多夫剛才的模樣。「『哇！』夏洛特小姐大叫！」這時我發覺小梅的笑容僵住，臉色蒼白。「小梅？怎麼了？」

她張開嘴巴，卻沒有發出半點聲音。

「什麼？」我順著她的視線低下頭。「喔，我都忘記手上的蒲公英了。」**花束早就被我握爛，滴出黏答答的棕色汁液，沾了我滿手。**「好噁。」

「妳身上的布。」小梅咬住嘴唇，擠出細細的聲音。「妳看。」

我身上披著那塊美麗的緹花緞布，厚重的刺繡布料想必十分昂貴。我定睛一瞧——翠鳥般的寶藍布料濺上了棕色的汙漬，就和我的掌心一樣骯髒。

「喔，不。」我低聲慘叫。「天哪。」

如此美麗的布料——這絕對是全世界最美的一塊布——我們答應過不會扯破或是弄髒它的，我們答應過了。

小梅的媽媽會說什麼？我好擔心。

第十三章

我們明明答應過會很小心的。這塊布如此美麗，小梅的媽媽一定是在哪個遙遠的國家、從市集的攤販手中買下這塊布——我們絕對找不到代替品。

我開始顫抖。在那一瞬間，一個瘋狂的念頭閃過我腦海，我好想跑出去，再也不回來。永遠不承認自己的過錯，丟下小梅面對一切。這樣我就永遠不會看到她母親失望、憤怒的表情。

但我當然沒有這麼做，那是懦夫的行徑，我才不是懦夫。我小心翼翼地走到落地窗前，把捏爛的蒲公英放在外頭的臺階上。接著小梅替我解開布料，我跑去洗手。雖然洗掉了黏液，棕色的汙漬怎麼洗都洗不掉，我的心沉得更低了。如果連我手上的汙漬都洗不乾淨，怎麼可能讓緞布恢復原樣呢？

「說不定我們可以試著洗洗看。」小梅在我耳邊低語，她緊緊揪著那塊布。

「不行。」我說。「這樣只會弄得更糟。而且汙垢可能變得更大。我們去找妳

媽媽。」我的嗓音微微顫抖。

小梅的媽媽正在廚房裡切紅蘿蔔，聽到聲音，她笑著轉過身，看見我們一臉擔憂。「怎麼了嗎？」

我走上前。「真的是非常抱歉，出了一點意外。」

小梅遞出那塊寶藍色的緞布。

「是蒲公英。」我說：「我的意思是，蒲公英的汁液流出來了。我剛剛在扮演夏洛特小姐，我們需要一點鮮花。但我忘記手上握著花，一不小心就……」我吞吞口水。

小梅的媽媽起身洗好手，走過來接下那塊布，神情非常嚴肅。她仔細打量那些棕色汙漬，深吸一口氣。「天啊。」她說。

我感覺眼淚湧入眼眶，連忙咬住嘴唇。

「還剛好沾在正中間。」小梅的媽媽拉開布料，檢查整塊布染色的狀況。「也沒辦法從末端剪掉。喔，妳們啊……。」她失望的語氣刺穿了我的心。

小梅哭了出來。「媽咪，我們很抱歉！我們很小心了，真的不是故意弄髒的！」

她媽媽嘆了口氣。「我知道。沒關係。唉，不對，這是我最愛的布，我想留下來做點特別的東西，可是現在什麼都做不成了。」

「可以……」我渾身發抖。「可以……洗得掉嗎？」

她露出傷心的微笑。「不太可能。這種布料不好洗，蒲公英的汁液需要用化學藥劑處理，但這會毀了整塊布。」

「喔。」我忍不住了，淚水沿著臉頰滑落。「我很抱歉。如果我……能賠償的話……」我根本不知道自己在說什麼。我連零用錢都沒有，要拿什麼來賠如此昂貴的寶物呢？

小梅哭得很兇，感覺隨時都會吐出來。我被她傳染了，眼淚突然間像瀑布般傾瀉而下，雖然我沒有哭出聲音，但也吐不出半個字，眼前的一切變得模糊不清。

小梅的媽媽放下緞布，展開雙臂，小梅毫不猶豫地撲進她的懷抱。但小梅的媽媽只用一隻手臂環抱著她，另一隻手朝我伸來。

我不知道自己怎麼了，**但我乖乖地走上前，立刻被溫暖、安穩、力量緊緊包**

裹，眼淚流得更急了，這簡直就像是我暫時借用了別人的媽媽。情緒從內心深處炸開，我膝蓋一軟，小梅的媽媽撐著我的身體。

有人撐著我。在這個片刻，我不需要支撐自己。我不需要什麼內在力量，因為有人為我堅強。

這是莫大的安慰。

第十四章

小梅的媽媽原諒我們了。她擁抱著我們好幾分鐘，我不斷說服自己不用擔心失去最要好的朋友，或是又要變成一個人，無依無靠。我已經練習了好幾年了；現在只是恢復老樣子，對吧？

一旦知道了我不需要面對孤獨，知道自己獲得寬恕，還可以和小梅一起玩、還可以和她的家人相處，我大大地鬆了一口氣，眼淚又跑出來了。這件事讓我覺得自己更像是小梅家的一份子——**除去偽裝更能獲得接納**。

我幾乎整個期中假都往小梅家跑，不過我盡量不在那裡吃晚飯，因為我擔心要是我沒回家，爸爸會忘記吃東西。小梅的家人很多事情都一起完成，我自然也想拉著爸爸陪我做各種事。可是真的很難。他的工作繁重，我想都不用想就知道，他不會有時間陪我玩填字遊戲或散步。

當我問起萬聖節活動，他的回應正如預料。「不行，克麗索，我不贊同。」

「可是我會和小梅一起，還有克里斯多夫——她爸爸也會跟著我們。」

他搖搖頭。「我不喜歡這個傳統，而且帶著一桶甜食回家對妳也不好。」

我在心裡告訴自己不要在意，但我從來沒有擁有過一整桶的甜食呢，這個想法太誘人了。「拜託啦，爸爸……」其實滿好笑的，我並不是真的想去玩，可是**一聽他說不行，我就更想參加了**。

「妳想玩的話就去找顆南瓜來做成燈籠吧，那沒有任何害處。」說完，他退回書房，關上門。對話就此結束。

我獨自站在走廊，盯著地板。我在生氣？還是失望？甚至是鬆了一口氣？這些情緒有可能同時存在嗎？

小梅的失望顯而易見。「妳有跟他說我爸爸也會去嗎？」

「有。他還是不答應。」

她扮了個鬼臉。「妳爸爸好像有一點……嗯……。」

「有一點怎樣？」

她笨拙地晃晃身子。「有點……好吧，他有沒有做過什麼好玩的事情？」

我張嘴想說當然有。他說要幫我刻南瓜（他好像也沒有這麼說，還是說我得自己動手？）；上回光是翻遍廚房櫃子找食材，也被他弄得像是遊戲；他一時興起就帶我去吃披薩……。

我這輩子第一次找不到恰當的詞句。「喔。」我不安地回應。「他有時候真的很好玩。只是他工作太忙了。」

期中假的最後一個星期六，小梅和我在寫作小屋裡開工。屋子還沒整修完，不過地板已不再潮濕，我們也替內側牆壁上漆。小梅的爸爸找到一塊閒置的地毯，剪下剛好的尺寸，坐起來很舒服。目前天氣還不算太冷，在真的感冒之前，至少可以窩在小屋裡寫上一個小時。小梅和我關上小門，相視一笑。**這是我們自己的世界**，有窗簾、有座墊，到了夏天一定會更好玩。

「我已經買好萬聖節的糖果了。」她捧著印上南瓜圖案的紙袋。「真希望妳可以一起來——這樣我們就能拿到兩倍的戰利品啦！」她遞來一根棒棒糖。「吃點甜的可以幫助思考。」

「謝啦。」我把棒棒糖塞進嘴裡，翻開硬皮筆記本。「我們開始吧。」

我們努力編織故事，現在已經寫了二十二頁，劇情發展早就超出我原本的故想，不再只是小女生的核災倖存冒險了。我們設定法國有一個區域，籠罩在巨大的圓頂之下，沒有受到放射線影響，類似康威爾郡的伊甸園計畫[13]。核心角色派瑟菲妮（簡稱瑟菲）得橫跨危險的水域才能抵達安全區，於是她偷了一艘船，差點被鯊魚吃掉。為此，我們得創造新品種的鯊魚，因為英吉利海峽其實沒有鯊魚出沒，但故事需要這個關鍵危機。

---

13 伊甸園計畫（The Eden Project）是二〇〇一年在英國康威爾郡設立的觀光景點，將幾個巨大的圓形溫室布置成不同的生態環境，蒐集數千種全球各地的植物。

更教人興奮的是，小梅已經摸索出上傳電子書的方式了。感覺一點都不難。我們傳了這個史詩之作的第一章作為測試，篇名叫做《世界終結戰之後》，感覺還滿貼切的。小梅說服了她媽媽，以她的名義創立帳號，因為網站規定要滿十八歲才能使用。小梅開了那個網頁給我看的時候，我興奮得不得了。我們選了她媽媽拍攝的陰暗森林當做封面，第一章的篇幅還滿短的，所以價錢訂在五十分。我們坐立不安地等了兩天，想知道有沒有人願意花錢購買。但完全沒有。

「我們需要打響知名度。」小梅安撫我。「現在只是因為還沒有人知道這篇故事的存在。我們應該要傳訊息給別人，請他們買我們的書。說不定可以打廣告。」

我不確定自己是不是真的想增加知名度。我只是喜歡寫故事。我開始懷疑是否值得大費周章地把這些東西傳到網路上，不過幾天後，小梅興高采烈地來到學校。

「有人買了！」她說。

「怎麼會？妳亂講！」她說的是真話。我們的帳戶出現一筆進帳。喜悅直衝我的腦門。我們是貨真價實的作家了！

「希望他們喜歡這個故事。」我好得意，好想向學校裡的每一個人說這件事。

「當然了。他們一定會在底下寫評論，說等不及要讀後續的章節！」

放學後，我激動地衝進爸爸的書房，準備向他報告。

「爸爸！你一定想不到我做了什麼！」

但我立刻察覺時機不對。電腦開著，他狠狠瞪著螢幕。

「克麗索，晚點再說。」他沒多看我一眼。「我在工作。這個可惡的編輯根本不知道他在說什麼。」

「等一下啦！」我再次開口。「爸爸，我出書了！」

這句話果然吸引了他的注意，他猛然轉頭。「妳說什麼？」

「我出書了。」我回答。「……嗯，算是啦。小梅和我把我們合寫的故事貼到網路上，有人付錢來看了！」

他盯著我好久，然後輕輕地搖頭。「妳說『有人付錢』是什麼意思？」他的語氣有點怪。

我想拉張椅子到他的辦公桌旁邊坐下，但房裡沒有其他椅子了，我只好將就地坐上桌沿。「小梅查到怎麼用電腦上傳作品。」我瞄向他的螢幕，上頭是編輯寄來的電子郵件，列出一條條漫長的清單。

「我們合寫了一個故事，然後想知道能不能賣給別人讀。所以我們把第一章貼到網站上，很多人在那裡買電子書，今天有人買了！只有五十分錢，雖然有點少，不過真的成功了！說不定等到這個故事結束，會有好幾百萬人花錢來買，我們就會很有錢了！到時候我就可以買自己的電腦，我們可以買新車、可以去度假！說真的——」我的嘴巴不受控制，「我們可以出國去玩！甚至可以請個管家！找人來打掃！」我停下來喘口氣，這些未來的願景讓我整個人輕飄飄的。

這時，我看見爸爸的表情。「怎麼了？」我問。

他一副忍痛的模樣，眉毛緊緊擰起，嘴唇發白。

「你還好嗎？」我被他嚇到了。

他好像喪失了語言能力，臉頰鼓成奇怪的形狀，彷彿正緊緊咬住臼齒，低沉的咕噥聲從他嘴中冒出。爸爸終於發出低吼似的聲音：「妳把故事貼到網路上？有人花錢買來看？不是——不是出版社？」

「喔，當然不是！」我笑了聲。「真的，不是出版社。我們只是貼出那篇故事，讓別人下載到自己的電腦或是手機什麼的。只要付五十分錢就可以。其實這也不算是真正的出版啦，不過把故事貼到那個網站，感覺就像是自己出版了一本書。你能理解嗎？」

書房裡陷入漫長的沉默，**我漸漸發覺他半個字都聽不懂**。爸爸靠著傳統的紙本寫作、校對維生。小梅和我現在做的事，對他而言就和發明飛行車一樣超乎想像。

開市大吉的喜悅逐漸消散。儘管我和小梅完成了長久以來的夢想，但我卻一點都不覺得開心，身體逐漸變冷。

「總之，我只是想跟你說這件事。」我跳下辦公桌，揉揉壓得發麻的屁股。「我現在要——呃——去寫作業了。」走到門邊時，我問了一句：「你要不要喝茶？」

爸爸只是死盯著我剛才坐過的桌面，僵硬得如同雕像。他看起來沒有生氣，只是痛苦萬分，彷彿想起了很討厭的回憶，或是目睹了恐怖的意外。

我咬住嘴唇。**一定是我害他這麼不舒服，儘管我不知道自己做錯了什麼**。我正要轉身離開，心思卻被某件事物勾住，猛然回過頭。他眼中閃著淚光。我絕對沒有看錯。

我直接走回二樓房間，坐在床上，渾身發抖。外頭正在慶祝焰火節[14]，煙火劈哩啪啦響個不停，但我一點都不想去湊熱鬧。

我從來沒有看爸爸哭過，從來沒有。我一定是做了非常、非常糟糕的壞事。

14 即英國國慶日（每年十一月五日），當天會施放煙火。

第十五章

隔天上學的時候，事態更加不妙。光看小梅的臉就知道：她的嘴唇抖個不停，眼眶裡滿是淚水。

「怎麼啦？」我不敢猜測答案會是什麼。

她拉著我的手臂，帶我到教室角落。我們不常坐在這裡，等一下一定會有人來叫我們讓開。《清秀佳人》的劇情在我腦海中上演：那場災難般的茶會之後，安妮被家裡禁止和戴安娜交朋友。

我握住小梅的手。「發生了什麼事？」我焦急地低聲問：「妳看起來心煩意亂。我們要分開了嗎？」接著，我突然想到令人膽寒的答案。「小梅，妳是不是得了癌症，快要死掉了？」

我要像失去媽媽那樣失去她嗎？我肺裡的氧氣似乎頓時停止流動。

「比這個更糟。」小梅吞吞口水，繼續說：「有人寫書評了。」

「什麼？」我聽不懂。

「書評。買了我們的故事的人寫的。」

我愣了幾秒才聽懂，如釋重負：她沒有得癌症！我們不會分開！

「什麼樣的書評？」

「很糟糕。」她淚流滿面。「喔，克麗索，她說了很難聽的話。」

「怎麼說？」

「她說我們的故事不值五十分錢。她說寫得很爛，覺得自己的人生浪費了五分鐘。她說看起來像是三歲小孩寫的……。」小梅哭到連連打嗝。

昨晚那種冰冷反胃的感覺又來了。「太恐怖了。」我低聲喊道。

「我本來不想告訴妳的。我昨天就想刪掉評論，可是網站不讓我刪。喔，克麗索！要是其他人看到那則書評，他們一定不會買我們的故事！」

「先拿下來。」我的語氣堅定。「我們直接把第一章整個刪掉，這樣書評也會跟著消除了。然後我們把整個故事修改到毫無缺點後，再重新貼上去。」

「我不知道現在該不該這麼做。」小梅可憐兮兮地問：「要是大家不喜歡整個故事的話怎麼辦？」

「**妳沒辦法討好每一個人**。而且這只是我們的第一本書。我們只能不斷學習，第二本、第三本就會越來越好。」

「我在想要不要放棄寫作。」小梅垂頭喪氣。

「少來了。」我故作平淡地回應，但老實說這句話把我嚇壞了。我很期待我們的寫作計畫，要是沒有她，我又得回到自己一個人了，但現在我已經嘗到和朋友合作的喜悅，我想我已經回不去了。

兩個氣呼呼的同學把我們趕走，第一堂課開始了，我們的對話被迫中止。到了午休時間，小梅用圖書館的電腦開書評給我看，我終於能理解她的感受。

早知道這篇只有五百字，我絕對不會浪費我的錢或時間。說真的，就算這篇文章不用錢，我也不會推薦給任何人。《世界終結戰之後》這個篇名太小題大作了，兩名作者的能力完全無法駕馭她們的構想。文筆幼稚又沉悶、情節一點都不合理，角色個性無聊透頂。我花了五分鐘讀完這篇——整整浪費我五分鐘。我寧可拿這五分鐘來做更有建設性的事情，無論是蹲馬桶還是清貓砂都好。這根本是三歲小孩的作品，證明個人出版實在不是件好事。

我盯著螢幕，那些怨氣沖天的字句在上頭跳躍。

「哇，她真的很討厭這篇故事。」我的肚子裡竄起緊繃的灼熱感，彷彿我正準備做出什麼誇張的反應，**現在該怎麼做？我還有選擇權嗎？**

不過是一篇書評。不是什麼癌症，我也不是要和朋友分開，這根本不算什麼。我把心中的負面情緒高高舉起，接著用力拋開。我忍不住哈哈大笑。

「她真的很討厭我們的故事！」我笑到喘不過氣。「還說自己寧可去蹲馬桶！」圖書管理員西蒙斯先生走過來關切。「妳們還好嗎？」他看不出我是在哭還是在笑。

「沒事！」我尖叫。「我們沒事！只是有人寫了負評！」

小梅露出一副我是神經病的神情。

西蒙斯先生笑了。「看來妳調適得很好。」

不知道為什麼，他的反應害我笑得更厲害了。我笑到胃痛，忍不住抱著肚子。

「克麗索，妳冷靜一點。」小梅的語氣帶著警戒。

我努力克制。由於一下子笑到差點翻過去，想要立刻恢復正常並不容易，我費了好一番工夫。過了五分鐘，我依然處於動不動就笑出來的狀態。西蒙斯先生已走回他的座位，不解地搖搖頭。

小梅完全笑不出來。「克麗索，這樣真的很奇怪。妳還ＯＫ嗎？」

「喔，其實我爸爸超討厭這個字眼。」我向她透露。「可是我超愛的！ＯＫ、ＯＫ、ＯＫ！聽起來就像回音一樣！」

「克麗索……。」

「喔，小梅，沒事的。我很好——我很ＯＫ。」笑聲又冒了出來。「妳知道嗎？**有時候我如果不笑的話就會哭出來**。反正就是這樣。好啦，我們把電腦關掉吧，暫時別去想了。」

「ＯＫ……」小梅登出帳號，關閉瀏覽器，同時不安地偷瞄我。「妳的反應……我有點嚇到了。妳現在恢復正常了嗎？」

「正常？」我的頭有點暈。「妳不知道嗎？**我從來沒有正常過**。我家沒有半個正常人。我爸爸根本就不正常。拜託，**誰會寫什麼檸檬的歷史書啊**？我媽媽也不正常。她是藝術家，一天到晚畫風景和天空，她還會畫一些妳根本看不到的東西。我家閣樓有一幅畫叫做〈絕望〉。畫布上只有黑色、紅色、灰色和小小的針孔；她還畫了一幅〈幸福〉，整張畫塗滿黃色，上頭還撒了一堆亮粉。**就連我都畫得出來**。那幅畫曾經在國家美術館展出，大家都說畫得超好。這一切都太瘋狂了。」唸著唸著，突然間我的靈感來了。

「我跟妳說，今天放學以後要不要和我回去？來我家看看。我可以帶妳上閣樓，給妳看我媽媽的畫！」

小梅滿臉戒備。「克麗索，今天不行。而且我們要怎麼過去？」

「我帶妳搭校車呀！」我興致勃勃地提議。這是世界上最棒的主意。「來啦，一定很好玩！我偷偷帶妳上車，把妳藏在我的椅子下！」我幾乎又要被瘋狂的笑意吞噬。

小梅猛然起身，推開椅子的力道使座椅往後倒下。「我才不要！快點停下來。

妳今天超怪的。我要回教室了。」

喔，不——我做錯了什麼嗎？「小梅，別走！」我苦苦哀求，抓起包包，背帶纏住椅子腳，差點把我絆倒。我忙著解開背帶時，小梅已經不見了。我驚惶不已。發生了什麼事？我拔腿追上，西蒙斯先生高聲警告，但我什麼都沒聽見。

那天小梅沒再跟我說話，過了一陣子，我也放棄和她搭話了。

最後，我自己搭校車回家。

第十六章

回到家時，爸爸人在書房裡。當然了——他總是如此。稍早那股沉醉迷亂的感覺消失了，現在我只覺得好累好累。要是小梅從此之後再也不跟我說話，我想我一定沒辦法忍受。

我不想直接回房間，不想自己一個人。於是我敲了敲書房的門。

爸爸沉聲回應：「進來！」

塞得鼓脹的Ａ４信封在他的辦公桌上堆成小山。他忙著在信封上寫字，不時對照一旁的筆記本。

「嗨。」我有些吃驚。「這是什麼？」

「我的那本歷史書原稿呀。」爸爸笑得合不攏嘴。「我全都印出來裝訂好了，準備寄到出版社去！」

我的眉毛幾乎挑到額頭上，差點埋進我的腦門。

「哇塞。」我只能驚呼。「……哇塞。」嚇死我了，但我絕對不能承認，我一直不相信他真能寫完這本書，更別說真的拿出去給別人看了。「你辦到了。」

「我知道。」他笑得好燦爛。「這下我們兩個都要出書了！」

「老實說，我這邊的狀況有點糟。」

他不再生氣或是傷心，甚至有些興味盎然，所以我向他提起那則負評。

「喔，克麗索。」他的語氣裡充滿同情。「我很遺憾。有些人就是忍不住要說難聽話。」

他對我這麼好，我覺得好想哭。我照著以往的習慣，吞下哽在喉頭的硬塊。「她不需要這麼不留情面嘛。她可以說這篇故事不合她的胃口就好。」

爸爸聳肩。「有些人樂於批評別人。我一直搞不懂為什麼他們會有這種心態。**貶低其他人不會讓你更厲害，而是要為此感到羞愧。**」他對我笑了笑。「要不要出門吃飯？」

「我很想，可是我真的累了，應該什麼都吃不下。」

「亂講。」他要我先去洗澡，然後端了吐司夾起司讓我在床上吃，還沖了一杯熱巧克力。不僅如此，他還坐在床邊唸荷馬的《奧德賽》給我聽。我突然覺得自己回到小時候，他和媽媽輪流送我上床睡覺，唸書給我聽。媽媽會選《小熊維尼》和繪本《怪獸古肥羅》（*The Gruffalo*）。爸爸則喜歡唸吉卜林的《原來如此故事集》和《叢林奇譚》。

我全身軟綿綿、懶洋洋，覺得好舒服，甚至向爸爸說了我中午在圖書館的怪異行徑，以及小梅好像不再和我說話了。他邊聽邊點頭，似乎完全理解我的反應，接著收走盤子和馬克杯。

等他回到我的房間，他對我說：「我打電話給小梅的媽媽了。她說小梅對今天下午的行為感到很抱歉。」

「喔！」光聽到這句話，就讓我打從心裡暖了起來。

「或許妳把小梅嚇著了。她說妳有點——失控。」這個形容詞似乎令他有些疑惑。「妳想事情為什麼會變成這樣呢？」

「我也不知道。我當時只覺得自己像是要爆炸了，想停下來也沒辦法。」

他又點點頭。「我聽說妳邀請小梅來家裡玩？」

我好尷尬。「嗯。算是吧。我有和她提到媽媽的畫……」我含糊地帶過這個話題。「她沒來也沒關係。而且我好像應該要先問過你。」

他搖搖頭。「沒關係，我已經敲定了。明天放學後，她媽媽會送妳們兩個過來，然後五點再來接小梅回家。」

我的心臟跳得好沉。小梅要來我們家玩！「謝了，爸爸。真是太好了。」

他看了我好一會兒。「不客氣。我也很抱歉，最近妳可能過得有點辛苦。現在我比較有空了，又多接了一些新的校稿案子，家裡會寬裕一點。可以多買一點食材，還有衣服什麼的。妳需要新鞋子之類的嗎？」

「我上學的鞋子已經有點太小了。」

「好呀。這個週末我們出去買鞋子。」

「謝啦。」我的眼皮好重，不受控制地蓋了下來。朦朧之中，我看見爸爸切掉檯燈，房門一關，他消失在陰影之中。

第十七章

想到小梅要來我家玩，我興奮得像是要發瘋了，不過我把情緒藏起來，不想再嚇到她。回想昨天，我不太確定自己在圖書館裡究竟是怎麼一回事。小梅說我失控了。但我從來沒有失控過，那種感覺很陌生——害怕與激動同時塞在心中。

不過呢，我今天的心情正面許多，而且開心極了：我最要好的朋友要來我家玩。小梅也恢復平時的模樣，我們相互擁抱，言歸於好。

「真的真的對不起。」我說。

她點點頭。「沒關係。媽媽說妳只是太累了。人很累的時候通常都會怪怪的。」

上課時間變得好漫長，或許是因為我太期待放學的那一刻吧。史帕林老師終於放我們回家，我急到連書包都忘了拿，被她叫了回去。

「迫不及待要去什麼地方嗎？」她笑著問。

「我只是急著要回家。」我開心地回答。「和小梅一起。小梅要來玩。」

她點頭，笑容更加溫暖。「很高興聽到妳這麼說。自從妳交到這樣一個好朋友之後，妳整個人都變了。」

離開教室的路上，史帕林老師的評語一直在我腦中打轉：我整個人都變了。認識小梅以後，我變了嗎？我不覺得自己哪裡不一樣——還是說其實我很清楚？**我還是我，但說不定我只是比較……快樂？**

老實說我比以前快樂很多。小梅填補了連我自己都不知道的空缺。

我們手牽著手走出校門，一起尋找她媽媽的車。我的心裡開始高歌：小梅要來我家玩。小梅要來我家玩……。

上了車，我擠在小梅和克里斯多夫中間，不安漸漸浮現。

「我家和你們家不太一樣。」我對小梅說。「希望妳不會覺得裡頭太冷。屋子裡有點亂。妳不必脫鞋，因為我家沒有妳家那樣舒服的地毯。」

小梅笑了。「一定沒問題啦。而且妳有書房啊，我還沒有書房呢。」

「這倒是。」我稍微好受了一些。車子停在我家門前，我急著下車，幾乎是把小梅推出車外。

小梅的媽媽笑著說：「女孩們，玩得開心點。我五點過來，ＯＫ？」

「ＯＫ！」我興高采烈地回應。接著，我帶小梅踏過屋前小徑，掏出鑰匙開門。

「好酷喔！妳有自己家的鑰匙！」她的語氣滿是欣羨。進屋前，我們朝她媽媽揮手道別。

那一瞬間，我覺得自己像個大人。

「爸爸！」關上前門後，我高聲呼喚，玄關還是一片黑。「我們回來了！」

屋裡沒有回應，不過我也不意外。

「他大概沉迷在哪份原稿裡頭。妳想先做什麼？」

「哇塞。」小梅瞪大眼睛東張西望。「妳家看起來就像書裡面的場景。」

我也跟著她看看四處。我們的玄關鋪著黑白色磁磚，已經是處處裂痕碎片。通往二樓的樓梯沒鋪地毯，木頭樓板微微傾斜，不太平整。媽媽的畫作掛在對面牆上，我打開玄關的燈，讓小梅看個仔細。

「這是我媽媽的作品之一。」自豪在我心底膨脹。

小梅盯著那幅畫中的田野。

「這裡太暗了，沒辦法看得太清楚。」我趕緊補了一句。

「好美喔。」小梅說。「妳媽媽真的很有天份。」

她的讚美讓我肚子裡暖洋洋的，媽媽**確實**很有天份。

「美到讓我想哭。」

聽到這句，我滿臉的笑意已無法壓抑——這是小梅最高級的評價了。

「那裡是廚房。」我指了指樓梯後方的陰暗空間。

「我可以看妳的書房嗎？專屬於妳的那個？」

「當然可以！」我三步併做兩步地衝上樓。「跟我來！」

當我推開小房間的門時，小梅倒抽了一口氣。房裡三面牆都擺上書櫃，書架塞得滿滿的，有的還排了兩層書。

「這些書全部都是妳的嗎？」她敬畏地輕聲詢問。

「對。不過大部分是我媽媽留下來的——她小時候讀過的書。」我跑回房間拿起床邊桌上的照片。

小梅看著照片微笑。「她超美的。她的頭髮好漂亮。」

「希望我長大以後，頭髮也會變成這樣。」

「妳和她長得好像喔。」小梅把照片還給我。

「真的？」一股莫名的自信油然而生。「她和我們一樣超愛讀書，蒐集了好多好多書。童書都放在這裡。大人的書就放在樓下，我爸爸的書房。等我年紀夠大就可以讀了。」

小梅抽抽鼻子。「好像有一點……我聞到什麼？」

「我媽的油畫顏料。這裡以前是她的工作室。她曾經在巴黎讀藝術。」

「妳也會畫畫嗎？」

我搖頭。「我不太會。我想我比較喜歡文字。」

她點點頭，開始掃描書架。「《綠野仙蹤》、《波莉的祕密世界》（*The Secret*

World of Polly Flint）[15]、《小白馬》（*The Little White Horse*）[16]……裡面有好幾本我連聽都沒聽過！」

「想讀就借回去呀。」我熱切地說，和她一起坐到地上。「我們家還有好幾本很久很久以前的女生雜誌，例如一九八〇年代的。妳看。」

小梅隨意抽出一本。「《茱蒂》（*Judy for Girls*）[17]。哇，妳看上面的漫畫！喔——這篇是講芭蕾舞的！我還沒有看過芭蕾舞的漫畫耶。」她的視線順著一格格畫面移動。

真希望人可以把情緒裝進瓶子裡，等到需要的時候再拿出來用。此時此刻，閃閃發亮的紅色、粉紅色、橘色從我心底湧出，我有這麼多的喜悅，保證可以裝上好

15 英國作家海倫・克瑞斯威爾（Helen Cresswell）二〇〇八年出版的幻想小說。

16 英國作家伊莉莎白・顧姬（Elizabeth Goudge）一九四六年出版的兒童小說。

17 《茱蒂》為一九六〇～一九九一年之間發行的英國青少女年刊。

幾瓶。小梅就在這裡，在我家、在我的書房、在媽媽以前用過的房間，我們周圍彷彿有一股魔力，我幾乎感覺到媽媽也在這裡陪著我們——她幻化成這些書、顏料的氣味。我知道她一定也會喜歡小梅。我們並肩坐在地上，隨意抽出書本，對著中意的文字和圖片大聲嚷嚷，我頓時迷失了了時間感。

小梅柔聲說：「我願意拿筆電交換妳的書房。」

我笑了。「這裡是我最特別的空間。」

「另一間書房是什麼樣子？我是說，樓下妳爸爸的書房？」

我跳起來。「我帶妳去看！」

她看起來有些緊張。「他不會介意嗎？」

我對她燦笑。「我保證一定ＯＫ。我們也可以看看我媽媽其他的書。」分享過這些童書、照片、畫作之後，我還想和小梅分享更多媽媽的東西。「快來！」

我蹦蹦跳跳地下樓，小梅小心翼翼地跟著。

「爸爸！」我在書房門外高喊。「我們要進去了，可以吧？」

沒有回應，我沒有多想，直接推開厚重的房門。

「喔！」爸爸並不在裡頭。我眨眨眼，有些吃驚。他總是待在這裡，他還會跑去哪裡？辦公桌上那疊A4信封不見了，一小疊郵票孤單單地躺在桌面上，已經被撕去大半。當然了，他到郵局去了。

「妳爸爸沒跟妳說一聲就出門了？」聽得出小梅的訝異。

「他大概在哪裡留了紙條吧。」我不當一回事。「我想他是去了趟郵局，把原稿寄給出版社。」

「啊！」小梅的臉亮了起來。「所以他不會離開太久囉。」

「對啊，我想他一下就回來了。」我走到書房中央，轉了一圈。「如何？」

小梅望著四周的書櫃。「看起來超級古老。你們為什麼要給書櫃裝門？」

「那是遮陽板。保護書本不被陽光晒到。」我解釋。「過來看看這裡。」我帶她隔著玻璃門欣賞書房後頭的溫室。

小梅瞪大眼睛。「長在樹上的那些是檸檬嗎？」

「對！」我打開門鎖，走進溫室。濃郁的檸檬香氣令人沉醉，這裡比屋裡其他地方暖和許多。

小梅慎重地朝著一棵快要熟透的檸檬樹伸出手。「我都不知道……好啦，我知道檸檬長在樹上，只是沒想到英國也可以種得出來。」

「一定要在溫暖的環境。」我難得對爸爸的執著感到驕傲。「當外面的氣溫降到零度的時候，我們會把樹移進室內，但陽光還是照得進來，所以現在沒問題。這些樹很可愛吧？」

「太驚人了。我家也有溫室，妳想我也能種出檸檬樹嗎？」

「為什麼不行？等爸爸回來，妳可以問他。他知道和檸檬有關的一切。」

她笑了。「真是太棒了！」

我們走回書房，我鎖上溫室的門。「妳爸爸蒐集了什麼樣的書？」小梅看著蓋起來的書櫃。

「喔，大部分都是很舊的書。」我說：「妳知道的，包著書衣的精裝書。狄更斯、《聖經》之類的。百科全書、字典和老地圖。他還有好多好多旅遊書和傳記。只要是提到檸檬的書，他都會找來研究。」我咧嘴一笑。「不過媽媽的書比較有趣。我想她的書架應該是在這裡。我打開給妳看。」

我按下一片遮陽板底部的扣鎖，板子往上縮起的速度把我嚇了一跳。在我的印象中，這些板子通常都卡卡的。

然而，就在下一秒，我突然喘不過氣，大腦踩了煞車，小梅輕聲驚呼。

「書在哪裡？」她低聲問。

我死死盯著書架，卻想不出該如何回應。這裡**曾經**放了一排又一排的書——媽媽的書——但現在半本都不剩，**取而代之的是一顆顆檸檬**。

書架上堆了一層又一層的檸檬。有的才剛摘下來，外皮亮晶晶的；有的縮成一小團，硬得像塊石頭。我急急忙忙掀開另一塊遮陽板，接著又是一塊，直到所有的書櫃都攤開在我們眼前。

一本書都沒有，全是檸檬。

原本有如圖書館般的書架上，全堆滿了檸檬。

第十八章

我愣愣地盯著敞開的書櫃。檸檬取代了所有的書本，目光所及全是檸檬。

小梅發出有些滑稽的喘氣聲，好像是想笑又害怕得說不出話。「妳知道這件事嗎？」她輕聲問。

我羞愧到無地自容，好想一笑了之，對她說：「當然知道！其實這裡從來沒有放過書！很好笑吧！這真是個天大的檸檬笑話！」可是塵埃和檸檬的氣味堵在我喉嚨裡，我半個字都吐不出來。

我的腦中一片空白，拒絕相信眼前的事實。眼睛乾燥痠澀，因為打從看到這片書架的那一刻起，我還沒有眨過眼睛。

這時，外頭傳來清脆的聲響，我知道有人開了前門。走廊上響起腳步聲，外套窸窸窣窣地掛起。我努力吞口水，卻無法如願，我的喉嚨完全堵死了，小梅的喘氣聲越來越急促——下一秒，爸爸踏進書房。

我從來沒有如此害怕過爸爸，但現在我轉身看他，陷入深刻的恐懼。他是怎麼做到的？我怎麼會完全沒發現這件事？**他到底是哪裡有問題？**

他看著書櫃的遮陽板敞開，露出一排排黃色果實；他看到小梅，又看到我，眼中蘊藏著複雜的情緒，彷彿是知道自己終將露出馬腳，正在思考如何應對。

經過漫長的沉默，他勉強地笑著說：「哈囉，午安。妳們從學校回來的時候我不在家，真是不好意思。今天過得還好嗎？」

他的語氣毫無異狀。一瞬間，我幾乎被他騙倒，以為這只是一場夢。可是我伸手摸摸旁邊的檸檬，**這一切都是真的**。

「爸爸，你把那些書放到哪裡去了？」我的嗓音沙啞破碎。

「書？」他緊張地舔舔嘴唇。

「原本放在書架上的書，都跑哪裡去了？」我越說越大聲，一塊堅硬如鐵的物體在我心中凝聚，像是一滴滴熔化的金屬聚在一起，形成硬塊。

「我……呃……這個，我不再需要它們了。」

小梅如同銅像般僵住了，全身上下只剩雙眼在我們之間掃來掃去。

「你不需要它們？」我重複他的話。「狄更斯？珍．奧斯丁？福爾摩斯？湯瑪士．哈代？」我的大腦像是發不動的車子似地難以運轉。「還有哪些《世界地圖集》？整套的《大英百科全書》呢？媽媽的書呢？你說放著等我長大再讀的！」字句哽在喉頭，我努力吸進更多空氣。「那些書都到哪裡去了？」我高聲質問：「你對它們做了什麼？」

爸爸蒼白得像個幽魂。「聽好，克麗索。我需要多一點空間放我的檸檬。」他朝著書櫃揮舞手臂，嘴角要笑不笑地勾起。「妳懂嗎？」

「**爸爸，書呢？**」我咬緊牙根。

「書都放在倉庫後面。」

「倉庫？」我不懂他在說什麼。「你是說**庭院的倉庫？**」

「對。收在後面。」

「你把它們放在**外面**？」他的話好難懂。

「我用箱子裝著。」他忙著辯解，但眼中滿是愧疚。

「可是外面那麼潮濕！」我已經不記得自己上回踏進院子裡的倉庫是什麼時

候，更別說是打開這些書架了。「你什麼時候搬的？書在外面放了多久？」塞在胃裡的鉛塊越來越沉重，我氣到下顎抽痛，沒等他回答就繼續逼問：「你怎麼能做這種事？那些書一定都毀了！」媽媽的書！應當屬於我的書！

「可是——我的檸檬……」爸爸再次朝書櫃揮手。「它們是我研究的關鍵。妳懂嗎？我需要——。」

「我不懂！」我大吼。「我不懂！檸檬怎麼可能比書還重要？」我提高音量。「書就是是一切！你應該很清楚才對！不就是你幫我打造我自己的書房的嗎？書帶給我們問題與答案，朋友和魔法！爸爸！媽媽的書原本放在這裡！那是她深深愛過的東西……那是她的一部分！應當**屬於我**的一部分！你就這樣整塊砍下來，任由它們風吹雨打，被老鼠亂咬？」我幾乎在尖叫。「那些都是**書**！這些只是**檸檬**！你怎麼會覺得……？」我聽見從自己嘴巴冒出的話語，好想哈哈大笑，因為這些話真的是太瘋狂了。可是我真的、真的很憤怒。

突然，我從最近的書架上抓起一顆檸檬，感受它的重量。

爸爸往前一步，對我伸手。「放回去，克麗索，拜託——。」

我狠狠把檸檬丟向他，擊中他的手臂，他瑟縮了下。這顆檸檬已經放到乾枯了，可能會害他瘀青吧。這樣最好。我接連抓起一顆、一顆、又一顆檸檬，往地上、牆上、他的辦公桌猛砸。其中一顆把地板打凹了——這顆檸檬大概和石頭一樣硬。電腦螢幕被另一顆檸檬打得搖搖晃晃。有的檸檬在碰撞間裂開，炸出暗灰色的汁液，像是打噴嚏時飛濺的鼻水。

整間書房很快就被爆開的檸檬覆蓋，空氣裡滿是水果腐爛的氣味。然而，架上還有更多檸檬，有如永無止盡的惡夢。

小梅雙手摀住嘴巴，衝了出去。

我無法阻止自己，也沒有人阻止我，於是我砸了又砸，直到書架空空如也，但我仍舊怒氣難消，只能大吼大叫。

「書跑到哪裡去了？」我尖叫。「你到底都**做了什麼**？」

當然了，我已經知道答案了，可是我沒有別的話可說。到底是什麼樣的人才會丟掉所有的書，換上腐爛的檸檬？我不斷朝他吼叫，用了我從來沒用過的詞句，猶如刀刃般劈砍、突刺。字句從我口中溢出，像是拔去瓶栓的瓶子，不斷湧出毒液。

我憋住呼吸，卻憋不住這些話語。它們將我撕裂，撲向我的父親，他沒有發出半點聲音、沒有反抗、沒有給我任何回應。

等到我再也無話可說，我只是站著怒瞪爸爸。不知道為什麼，他變得比以往還矮小，有些泛黃、萎縮，如同他囤積的檸檬。剛才他一直盯著地板，等到我安靜下來，他才抬頭看我。從他的眼神中，我看得出他很害怕——他在怕我，但此時此刻，我也很怕我自己。

「克麗索，我很抱歉。」他低喃。「**我不知道自己在做什麼**。」

聽到他這麼說，感覺肺裡的空氣全被抽了出來，我雙腳虛軟，跌坐在地。他在說什麼？**我的父親怎麼會不知道自己在做什麼？**

他也坐在一地的狼藉之中。我們相隔五公尺，默默對坐，直到門鈴響起。

小梅一定老早盼著這一刻，我馬上就聽見她的腳步聲。幾點了？她媽媽現在來接她好像有點太早了？

走廊傳來一陣低語，小梅聽起來在哭。我覺得好糟糕。我應該要走出去和她說說話，可是我的身體沉重到無法動彈。而且我要怎麼解釋這一切？

我聽見小梅的媽媽走進來，卻沒辦法抬頭看她。

「天啊。」她溫和地驚呼。「這裡真是亂七八糟。來看看我們有沒有辦法整理一下。」

我從眼角餘光瞥見她在爸爸面前彎下腰。「哈囉，我是小梅的媽媽，愛子。我是來幫忙的。」她的語氣出奇地平穩，彷彿眼前的一切都是家常便飯。

我聽見爸爸喃喃回應，但我只能盯著地上的一顆檸檬。它沒有裂開，不是萎縮的舊檸檬。它沒受到半點傷害，黃澄澄的。我知道它有多新鮮、酸甜、多汁。這是一顆完美無缺的檸檬。

過了幾分鐘，小梅的媽媽來到我身旁。「哈囉，克麗索。聽我說，妳今天晚上要不要來我們家住？妳可以在小梅的房間過夜。」

我轉頭看她，頸子喀啦作響。我覺得全身痠痛又僵硬，幾乎筋疲力盡。「這是一間放滿了檸檬的圖書館。」

淚水沿著我的臉頰流下，我微微一驚，不知道它們是打哪兒來的。

「他把所有的書都丟掉了。」我悄聲解釋，喉嚨又開始緊繃。

「我知道。」她柔聲說。「別擔心，我們會找到它們的。我們可以把一切恢復原狀。」

「妳可以也讓我爸爸恢復原狀嗎？」我問。**我好想知道他到底怎麼了？**

她沉默幾秒。「一步一步來吧。」這不算是答案。

我任由她扶我起身，我們走過爸爸身旁，回到門邊，小梅擔憂地站在那裡。

「克麗索要和我們一起回家。」她媽媽說：「所以我要陪她上樓，打包過夜的行李。」

「我也一起上去。」小梅馬上回應，彷彿想逃離樓下的風暴圈。

我不怪她。我爸爸還坐在書房地上，誰想和個瘋子還有滿房間的臭檸檬待在一起呢？

小梅的媽媽動作流利地替我收拾行李。我坐在床上，什麼都沒做。她不斷以開朗的語氣和我們閒聊，這些聲音意外地讓我平靜下來，心中那些參差刺痛的碎片也漸漸融化。

等到我的包包塞滿了過夜的物品，我們回到樓下，從前門離開。我爬上小梅家的車子——漂亮溫暖、帶著餅乾香味、每次一發就動的好車子——扣上安全帶。小梅坐在後座的另一側，焦慮地看著我。

開車前往小梅家的路上，天空開始下起雨來。

第十九章

我很難解釋現在的感受，因為我自己也不太清楚。一部分是生氣，一部分是傷心，還有一部分是想哈哈大笑的衝動，但最大一部分仍是膽寒。我不願想起父親，想起我在他工作期間進入書房的那些時刻，緊閉的書櫃裡其實全都塞滿了檸檬。我不願思考他腦袋裡究竟裝了什麼，那會是多麼瘋狂的思緒？

至於那些書……一想到這裡我就心痛得難以呼吸。他怎麼可以丟掉媽媽的書？他怎麼可以做出那種事？他有這麼**冷血無情**嗎？

小梅的爸媽對我很好。她爸爸帶著克里斯多夫上樓玩車子還火車什麼的，小梅的媽媽替我泡了杯熱巧克力，提議我們可以一起坐在沙發上看電影。小梅想看《冰雪奇緣》，我還沒看過這部片，所以她放了ＤＶＤ，我們窩在沙發上。熱巧克力好溫暖，一路滑進胃裡；電影很好看，但我太累了，看不到一半就睡著了。

隔天早上，我在客房軟綿綿的床鋪上醒來，身上蓋著羽毛被，上頭印著藍色小花。房裡放了一座白色五斗櫃，抽屜把手圓滾滾的。地上鋪著淺藍色地毯，角落還有一座松木衣櫃。床邊的檯燈有著白底綠葉圖案燈罩。先前我只進來過這裡一次，當時小梅想從衣櫃底部挖出備用的床單。屋外似乎仍下著雨，我聽見雨滴敲打窗戶的聲音。

有人推開門，是小梅，她穿著黃色睡衣。

「早安。睡得好嗎？」

「很好，謝謝。外面還在下雨嗎？」

「嗯，氣象報告說會下一整天。」

我們兩個像老人家似地互相寒暄。

換好上學的衣服後，我覺得自己被切成了兩半，其中一半的我和平常沒有兩樣——甚至可以說是開心，因為我在小梅家安然地度過一夜；另一半的我卻像是從某個玻璃牆後，向我發出無聲的吶喊。那一半的我不斷提醒昨天的事情，可是我不想聽。**我想假裝那些事都沒有發生過**。

午休時間前，史帕林老師把我找了過去。「克麗索，等下課鐘聲一響，妳就馬上和我去校長室找吉克斯太太，可以嗎？有人想和妳說說話。」

「誰要找我？」

史帕林老師一手搭上我的手臂，溫和地看著我。「別擔心，不是不好的事情。我會和妳一起去。」

「那午餐怎麼辦？」

「餐廳會幫妳留一點東西。」

我們來到校長辦公室門口，敲了門，吉克斯太太打開門，向我們打招呼。「哈囉，克麗索。進來吧。」

幸好史帕林老師陪在我身邊，因為我緊張到肚子裡擰成一團。吉克斯太太的辦公室裡還有另外兩名女性。其中一人長得很高，蓬鬆的頭髮半棕半白，眼鏡上緣有著花俏的設計。她對我笑了笑。另外一人比較矮，身材胖嘟嘟的，她膚色蒼白，眼角帶著好幾條皺紋。她也露出笑容，但她的眼神讓我覺得她想把我看透。

吉克斯太太替大家準備好座位，我們不怎麼熱絡地圍成一圈。

「好啦，克麗索，這兩位女士來自社福機構。」吉克斯太太幫我介紹。「昨天妳家發生了一些事，對不對？」

我點頭。

「她們是來確認妳沒事，看看能不能幫上忙。」

聽到她的解釋，我更緊張了。**要是她們認為我不太好呢？她們會怎麼做？**把我帶走嗎？說不定我真的不太好。說不定我需要去醫院或是什麼地方，把心中那些奇怪的感覺修理好。

「我是安東妮亞。」戴著花俏眼鏡的高個子女士開口了。「這位是我的同事莎拉。克麗索，請不要擔心。我們並不想介入，只是覺得或許可以幫助妳和妳父親，度過眼下這個艱難的時刻。」她停頓了一會兒。「先讓我說明一下，我們都在做什麼吧。」

她向我提起最近受過她們幫助的家庭，那一家人的父親死於車禍，母親陷入重度憂鬱，無法照顧她的三個孩子。安東妮亞替那名母親安排，讓她可以和醫生談談，慢慢恢復正常，另外還特別招待三個小孩去主題樂園玩了一整天。

我有點被弄糊塗了。所以她們想送我去主題樂園嗎？我其實不太喜歡那些遊樂設施的呀。

安東妮亞說：「不過每個家庭都不一樣，我們可以用很多不同的方法提供協助。妳覺得妳家需要一些幫助嗎？」

我舔舔嘴唇。「家庭」這個字眼好像不太對。「我家只有我和我爸。」

安東妮亞點點頭。「妳沒有叔叔阿姨、爺爺奶奶嗎？」

「有，爺爺奶奶還在。」我說：「可是他們都住在澳洲。我已經好幾年沒見過他們了。」

莎拉歪歪腦袋。她的眼睛好藍。「克麗索，我聽說妳喜歡讀書。」

我沒料到她會這麼說，於是我老實回答：「對。」

「妳有沒有讀過《小魔女瑪蒂達》（*Matilda*）？那是我的最愛。」

竟然有大人把寫給小朋友讀的書當成最愛？我更訝異了。「有。我真的很喜歡那本書。不過《喬治的神奇魔藥》（*George's Marvellous Medicine*）更好玩。」

她笑出聲來。「是啊，還有《壞心的夫妻消失了》（*The Twits*）[18]。」

我笑了。「那本也很棒。」

「妳最近在讀什麼？」

「一本冒險小說《洞》。」我告訴她。「我向小梅借的，真的很好看。我們會互相交換喜歡的書。她也借過我《安妮日記》。」

房裡其他人一起「喔」了一聲。

「非常了不起的作品。」莎拉點點頭。「妳讀完有什麼感想？」

「我很喜歡。我覺得那是個很悲傷的故事，可是我沒有哭，我和小梅不一樣。

---

18 上述三本書都是英國知名兒童小說家羅德·道爾（Rauld Dahl）的作品。

她讀什麼都哭。」

莎拉不解地瞄了史帕林老師一眼，老師向她們解釋：「小梅是克麗索最要好的朋友。」

「啊，太好了。」莎拉說。

安東妮亞推了推她花俏的眼鏡。「克麗索，可以請妳告訴我們，昨天發生了什麼事嗎？」

第二十章

「妳和她們說了什麼？」小梅問我。我們坐在學校餐廳裡，只有我們兩個。其他人都去上課了，可是我錯過了午休時間，老師讓我和小梅在這裡待半個小時，把廚房替我保留的午餐吃完。

我聳聳肩。「就照實說啊。坦白告訴妳，我的記憶已經有點模糊了。」

小梅點頭。「她們打算怎麼做？」

「找我爸談談。」想到這件事，我覺得肚子有點癢癢的。「她們說等一下會直接去我家找他。聽說她們到學校來之前，就已經和他通過電話了。」我摸摸口袋裡的小卡片，那是安東妮亞的名片，上面有她的電話。「需要我的時候就打給我。」她柔聲說。我怎麼知道什麼時候會需要她？她到底能做些什麼？

我也不確定是不是真的想回家。不知道能不能在小梅家多待一陣子。可是爸爸沒有我的話該怎麼辦？

「她們是不是……」小梅遲疑了一下，彷彿在斟酌用詞。「她們是不是覺得他哪裡有問題？」

「我不知道。」

小梅沒有繼續問下去。

第二十一章

我回到家時，爸爸不在書房裡。他人在起居室，很奇怪，我們很少使用那個房間。起居室位於我家前側，正門進來右手邊，有一大片的觀景窗，和另一邊——書房——的設計對稱。這扇窗外也種了一棵樹，即使到了冬天，樹葉掉光了，陰影仍會遮住屋子。**我突然覺得我們家裡到處都是陰影**。

小梅的媽媽和我一起進屋。這是她主動提議的，我沒有勇氣拒絕。房裡有一張印著威廉．摩里斯（William Morris）[19]設計圖案的綠色沙發、成套的扶手椅，上頭擱著綠色和白色的大抱枕。淺綠色的窗簾搭配乳白色的印花壁紙。稱為「手提鐘」的

19 威廉．摩里斯是十九世紀的英國知名藝術家，設計過許多家具、壁紙、布料花紋。他同時是小說家和詩人，也是英國社會主義運動的早起發起者之一。

時鐘在爐架上悄悄運轉，兩幅湖區的風景畫分別掛在壁爐兩側。

起居室裡到處都是灰塵，雖然有電視，但我們很少開來看。不過現在電視開著，播放狼人主題的兒童戲劇節目。音量調得很低，聽起來像是在寂靜中低語。

媽媽很喜歡這個房間，以前等我睡著後，她常坐在這裡素描或是讀書，是的，就是那些原本收在書房遮陽板後的書。

爸爸有時候也會坐在這裡讀書，他們各自專注在自己的事上，房裡唯一的聲響是兩人規律的呼吸和翻頁聲。我還記得以前大人常要我去別的地方玩，因為我的積木和玩具車和玩偶「太吵了」。然後媽媽會看著我，表情變得溫柔，和我一起到廚房裡玩火車，或是在院子裡畫圖。

她總是比爸爸擅長想像。小梅家的小木屋一定會讓她興奮得不得了。她會在牆上畫壁畫，陪我們坐在屋裡，編寫一些毫無營養的詩句，然後笑成一團。我這才意識到，**我們人生中大部分的歡笑與狂想，都隨著她的離世而消失無蹤**。那是一種「比較好的瘋狂」。現在爸爸好像把所有的顛狂都放在自己心裡了。

爸爸站在沙發旁，一手擱在椅背上，彷彿需要支持。他看起來疲憊極了。

「克麗索。」他開口。

「嗨，爸爸。」我覺得舌頭好沉重。

他望向小梅的媽媽。

「我不會留下來。」她說。「克麗索希望我陪她進來。」

「沒關係的。」他轉向我這裡。「我想我們可以一起看看電視。」

「喔，好啊。」

他坐進扶手椅，我愣了幾秒，才把包包放到地上，脫掉大衣。

「我想……」我對小梅的媽媽開口。

她臉上掛著溫柔的微笑，讓我安心不少。「不會有事的。妳有我的電話，需要什麼就打給我。」

說完，她就離開了。

我坐在沙發上，爸爸調高節目的音量，我們一起盯著電視看。兩名角色正在爭執該信任誰，然後跳到家庭場景，父親不斷干涉孩子想做的事情。

爸爸說：「他為什麼不想讓他們出門？」

「不知道。我之前沒有看過這部片。」

我們繼續往下看，有些角色變成狼。我幾乎感覺得到爸爸的眉毛都要爬到額頭上了。

「好吧。」等到這一集結束，他說：「這個……很有教育意義。」接著他把電視調到靜音，對我說：「克麗索，我們需要聊一聊。」

我什麼都沒說，我發現自己很難直視他的臉。

「今天社福機構的人來找我。我猜妳也見過她們了？」

「嗯，在學校。」

「妳怎麼想？」

我只覺得茫然。「什麼意思？」

「妳覺得她們對我們有幫助嗎？」

「呃……大概吧。」感覺這個答案不太好。電視螢幕上開始播放別的節目的預告。「她們人很好。」我勉強補充。

他點點頭。「她們希望我接受諮商。」

「諮商？」

「她們認為……我需要和別人談談。關於妳的母親。」他吞吞口水。

我無法開口。所以他才會待在這個房間——她的房間？想她的事情？丟掉她的書讓他感到很抱歉？

他繼續說下去：「我想她們說得有道理。我一直都處於內化狀態，為了保護自己。妳懂嗎？」

不太懂。「呃……。」

「或許現在該找人談談了。」

淚水使得我喉頭緊縮。**為什麼他不能找我談？**為什麼一切變得這麼糟？

「接下來還有一次面談。」他說。「所有的人會一起討論對策。」

「我知道。她們有說過。」

他靠向我，手肘擱在自己的大腿上。「克麗索，我很抱歉。關於那些書——關於一切。我太……自私了。我沒有把妳照顧好。」

我緊緊握著膝蓋。我應該要感謝他說出這些話，他的話語應該要讓我安心，但這個當下我只覺得害怕。平常的爸爸不會說這種話，他也沒有用過這種語氣——承認他很脆弱、拿不定主意。除此之外，我們在這裡，在起居室，在**媽媽**的房間，這也很不對勁。

我覺得像是站在懸崖邊緣，無法阻止自己摔下去。

要是我沒有發現那些檸檬就好了。

第二十二章

小梅第一個看穿我冷靜外表下的不安。「妳還好嗎？」她問。

「沒事。」

「才怪。」

「既然妳知道我不好，那妳幹嘛問。」我狠狠回應。

她輕聲嘆息。「克麗索，我們的個性這麼相像，我完全懂妳的感受。**妳什麼事情都可以跟我說的。**」

我揉揉眼睛。現在是課堂上，我們正在畫直線圖，我已經畫好所有的圖表了，只差上色。

「狀況正在改變，但我不喜歡改變。」

「往壞的方向嗎？」小梅專心製作她的圖表。

「我不知道，可能吧。」

「一切事物都會變。」小梅說：「媽媽說事情維持同樣的狀態太久不好。」

「為什麼？」

她猶豫了一下。「我也不太懂。不過把話說開不是很好嗎？」

「是嗎？我已經不知道該期待什麼樣的結果了。我爸爸會變嗎？還是**我**應該要變嗎？」

小梅對我笑了笑。「不要變。我不喜歡不一樣的妳！」

這句話真是說進我的心坎兒裡，但我想到安東妮亞提到的事。「她們要我參加兒少家庭照顧者團體的活動。」

「那是什麼？」

「在家裡負責照顧爸媽的小孩，他們組成了一個互助團體。」

小梅的眉頭稍稍皺起。「小朋友照顧自己的爸媽？那要怎麼做？」

「嗯──我不太確定。煮菜、洗衣服。確保爸媽有吃飯、換好衣服之類的。」

她轉頭直視我。「妳平常有要幫妳爸爸做這些事嗎？」

我遲疑幾秒，低聲坦承：「我通常都是自己弄晚餐。爸爸很容易會忘記吃飯，因為他工作太忙了。」懷疑揪住我的心。他真的是在工作嗎？還是他只是做做樣子？「我把衣服丟進洗衣機，拿出來晾乾。我還會幫他泡茶。不過我不用幫他換衣服什麼的。我的意思是，**他又沒有生病**。好吧，也許不是一般的生病。」

小梅似乎無法決定如何應對。「妳先前從來沒說過。做那些事不會很辛苦嗎？我還不會煮菜呢。」

「我其實也不太會。多半只是用爐子或是微波爐熱東西。如果是蛋還算簡單啦，炒散或是水煮就好。還可以加入很多別的食材做蛋捲。」

「哇塞。」小梅拿起藍色鉛筆，替她的直線圖上色。「所以妳要去見其他和妳一樣的小孩。應該會很好玩。」

「嗯。」想到要認識別人讓我有點緊張。可是我該如何告訴安東妮亞她們說我不想去呢？

「那些書怎麼辦？」小梅問。

我知道她指的是哪些書。媽媽原本放在書房的書，被爸爸拿出來換上檸檬，放到倉庫後面。但這只是他單方面的說詞。

我還不敢去確認。我真的做不到。光是想到這件事就令我痛苦萬分。這樣其實不對，它們放在那裡越久，損傷就會越嚴重。不過話說回來，那些書已經在外頭放上好幾個月了吧。看看那些萎縮的檸檬……變成那樣一定要花上六個月。說不定已經整整一年了。

我不認為自己夠堅強，可以面對那殘酷的一幕。

我聳聳肩。「我很快就會想辦法處理。」

小梅緊緊咬住嘴唇，什麼都沒說。

第二十三章

那次之後，爸爸比以前更常出現在書房以外的地方。有一天我回到家，發現他正拿著吸塵器打掃臥室。我已經不記得上一次他做這種事是什麼時候了。冰箱裡還放了食物，雖然不是什麼健康的東西——就是那種微波即食餐點——但至少我不用煩惱每天要吃什麼。

然而他看起來還是有些失落。他在各個房間裡游移，把東西換個地方放，然後又放回原處。他的那部巨作完成之後，他不知道該做什麼好。前天他打開電腦，我看到有三封來自出版社的新郵件，要發校稿案子給他，他只是嘆了口氣，沒有回信就直接關機。

放學回來時，我們一起走進廚房，他替我泡茶，問我在學校過得如何。

「很好。」我說。然後我們陷入尷尬的沉默。

「那，你今天做了什麼？」我問。

他深吸一口氣，回答這個問題似乎很費勁。「我打掃了浴室。可是沒有漂白水了，所以我去店裡買。我不知道要選什麼味道才好，希望妳喜歡薰衣草。」

我聳聳肩。「沒關係啊。」

他說：「嗯，另外我還買了……檸檬味道的漂白水。」

我咬住嘴唇，盯著手中的茶，掌心用力貼著馬克杯。

「抱歉。我不是故意要提起那個字的。呃……然後我回家，想煮一點湯。我找到很棒的食譜，可以放馬鈴薯和韭菜，可是我忘記我們家的調理機壞了。」

完全不對。這一點都不像平時的爸爸。

「妳穿得夠不夠暖啊？」他問。「今天外面很冷，妳好像忘記戴手套了。」

我猛然起身，茶水稍微灑了出來。「我還要寫作業。早點完成比較好。」

「喔。」他沮喪地垮著臉，接著擠出笑容。「好吧。晚餐吃雞肉和薯片？」

「可以。」

我回到房間，望著牆面，雙眼發直。會不會哪天回到家，我會發現家裡變成標準的三房住宅，還有漂亮的院子和狗狗？**現在樓下那個人對我而言，是個徹頭徹尾**

的陌生人，要是其他的一切也跟著改變，我絕對不會感到意外。

如果一切都變了，我會不會也變了？

如果爸爸變得不再像爸爸，那我又是誰？

第二十四章

兒少家庭照顧者團體的活動，在本地的活動中心舉辦，那裡的暖氣全天候放送，我很喜歡。現在是十一月的第二個星期，晚上越來越冷，我討厭這種天氣。

我在門口猶豫了一下，爸爸送我過來，可是我不希望他跟著進去。最近他一直努力找事情和我一起做，但我知道他是在刻意為之，我不相信他是真心的，因此我心裡不太舒服——所以當他提議要和我一起參加兒少團體的活動時，我拒絕了。我知道這樣很不理智，但就是忍不住。

房裡有兩個大人，一男一女，加上三個小孩。桌上放著畫圖用具，看到這一幕，我決定轉身逃走。我不想畫畫，會畫畫的人是媽媽。

可惜太遲了。房裡的女性已經看到了我。「哈囉！」她愉快地打招呼，向我走了過來。「妳是克麗索嗎？」

我只好點頭。

她笑了。她比我想像的還要年輕，棕色長髮綁成辮子。「我是艾比。進來加入我們吧。」

我也對她笑了笑，她陪我走進房間。

「他是瑞吉。」

男子咧嘴而笑，他看起來比艾比年長一些，但沒有相差太多。

「嗨，克麗索，妳現在大概有點坐立不安，不過別擔心，隨意就好，就算隨波逐流也沒關係，可以嗎？」

我點頭，心裡納悶他究竟是什麼意思。隨波逐流？我們到底要幹嘛？

「人還沒到齊。」艾比跟我說。「另外三個人隨時都會到。」她介紹房裡三個比我早到的小孩給我認識。莉西艾拉跟克莉絲朵是女生，比我預想的還要小一點。我看其中一個人在幫另一個人綁頭髮，她們似乎已經認識好一陣子了。她們對我微笑，繼續熱烈討論某個我從沒聽過的流行樂團。第三個人是男生，名叫里斯。他靠在窗邊，雙手大拇指不斷滑手機。他連看都沒看我一眼。

「來到這個團體的人都是家庭照顧者。」艾比說：「他們在家裡的時候得做大人的事情，例如煮飯、打掃、確認爸媽有沒有吃藥。但在這裡他們可以放下那一切，當一個小時的小孩子。」

「喔。」我假裝聽懂了，但其實不太確定。我也得放下那一部分的自己嗎？該怎麼做？

瑞吉瞄了牆上的時鐘一眼，說：「可以開始了。」艾比點點頭。

「沒差。其他人能來就會來。」

我有些吃驚，即使另外三個小朋友遲到了，他們看起來一點都不在意。在學校可不能這麼做。

我們圍著大桌子坐下，艾比開始說明接下來要做的事情。「這裡有一些木頭相框。」她舉起其中一組。「還有很多不同顏色的顏料。你們想要怎麼設計都可以，無論是做給自己，還是要送給別人都行。可以想像如果朋友或是親人的生日快到了，你會怎麼做。」

莉西艾拉和克莉絲朵興奮地嘰嘰喳喳，馬上拿起畫筆和顏料。里斯還在看他的手機。

「夥伴，暫時放下手機吧。」瑞吉柔聲提醒。

我原以為里斯不會理他，因為里斯完全沒有表現出聽到別人說話的跡象。但他真的乖乖放下手機，收進口袋，盯著桌面。

「我不太會畫畫。」他粗聲粗氣地說。

「任何人都會畫畫。」艾比說：「你喜歡的話，可以把整個畫框塗成藍色，沒有任何圖案也沒關係。」她對我微笑。「有沒有想到要做什麼？」

「呃……」我不認為「走出門外」會是選項之一。

另一個女生跑了進來，她頭上綁著我這輩子見過最長的辮子。「抱歉！我媽媽把所有的藥丸倒在地上，我得在貓咪不小心吞下去之前全部撿回來。」

莉西艾拉和克莉絲朵咯咯輕笑，那個女生狠狠瞪著她們。

「一點都不好笑！上次我家貓咪吃了一顆藥丸，我們得帶她去獸醫那裡洗胃，花了九十鎊！」

莉西艾拉和克莉絲朵馬上收起笑容。

「喔，真是**滔天大罪**呢！」莉西艾拉驚呼。

「所以我爸爸才說我們不能養寵物。」克莉絲朵說：「那太花錢了。」

「進來坐下吧。」艾比說。「和克麗索打個招呼。克麗索，她是黎娜。」

黎娜對我說聲嗨，坐到桌邊。「我們要幹嘛？」

在接下來的二十分鐘，我替我的相框上色。之後又來了兩個男生，一個是泰勒，另一個人的名字我沒有聽清楚。他們打打鬧鬧，撞翻兩罐顏料，把克莉絲朵惹毛了。「害我要多洗一條裙子！」她氣得大叫，盯著自己沾了一大片紅點的裙子。「外面這麼濕冷，明天一定乾不了了！你們兩個白痴！」他們乖乖道歉，艾比答應等到顏料乾了，會幫克莉絲朵弄乾淨。

我選擇在相框上塗滿黃色，還特別在木頭凹凸不平的地方多塗了一點。桌上剛好有亮粉，所以我把金粉均勻地撒上去。

「看起來很棒啊。」艾比說。「像是陽光，或者是幸福。」

我僵住了。〈幸福〉——這是媽媽的畫作名稱，曾在國家美術館展出過。那幅畫也是在整片的黃色上撒滿金粉。我渾身發冷。完全沒有意識到自己在做什麼。

「我好愛畫畫，妳呢？」莉西艾拉愉快地搭話。

我發現她在和我說話。「呃，還好。我比較喜歡讀書。」

莉西艾拉一臉狐疑。「讀書？妳喜歡讀書？」

「對。怎麼了？妳不喜歡嗎？」

她搖搖頭。「讀書有什麼用？」

我被問倒了。沒有人問過我這個問題。讀書**有什麼用？**

艾比看著我。我真想知道她是否能回答這個問題，可是她什麼都說，只對我露出鼓勵的笑容。

我對莉西艾拉說：「讀書就是一切。**可以去到現實生活中去不了的地方；可以成為自己不是的人；可以做不被允許的事情。**」

莉西艾拉緊盯著她的相框。「妳說的這些，即使不需要讀書也可以辦到呀。我會去朋友家玩她的DS。」

「喔。我沒有玩過那個。」

「妳沒有玩過DS？」莉西艾拉一副難以置信的模樣。

「沒有。」

「那 Xbox 呢？」

「沒有。」

「Wii？」

我有點緊張，不太清楚那些到底是什麼，聽起來像是編出來的名字。她在測試我嗎？如果我說錯話，會不會被她取笑？「我沒有玩過電玩什麼的。」我說。

現在桌邊的每一個人都訝異地看著我。

「妳在開玩笑吧。」里斯說。

「妳一定有玩過些什麼吧？」克莉絲朵說。「每個人都玩過的呀。」

「我以前在電腦上玩過遊戲。」我拚命尋找答案。真的有，不過都是學校的教學遊戲。

其他人聽了之後猛搖頭。

「那些都是垃圾。」里斯做出評論。「妳一定要玩〈俠盜獵車手〉。」

眾人的焦點迅速轉移。克莉絲朵問什麼時候可以去他家打電動，莉西艾拉大叫誰都不准玩，因為那個遊戲太暴力了，而且他也還不到適合的年紀。黎娜說她聽說電玩會讓人變得暴力，里斯嗤之以鼻，說他沒有殺過人，所以她講的都是垃圾。

我低頭看著自己沾上黃色顏料的手，覺得身體又冷又熱。即使都已經來到這裡了，我還是覺得自己和其他人不一樣。克里斯多夫會用平板電腦玩遊戲，小梅和我卻總是忙著寫故事或是讀書。我是不是錯過了生命中不可或缺的要素？

瑞吉清清喉嚨。「我想這部分可以結束了。該來聊聊天囉。」

其他人一邊聊著電玩的話題，一邊爬起來，拉著椅子到房間另一端，圍成一圈。我不安地照著做。

「別緊張。」艾比說：「每次都有一小段團體活動時間。**和了解狀況的人分享自己的問題是很有幫助的。**」她看到我的表情，又鼓勵道：「如果妳不想說，那就什麼都不用說。」

我鬆了一大口氣。

黎娜率先發言：「昨天我帶媽媽去看醫生。醫生想拿新藥在她身上測試，或許可以改善她肌肉抽搐的狀況。上次復發之後變得更嚴重了。她不斷踢倒、弄掉東西，因為她沒辦法抓牢。我得一直幫她清掃。」她用力嘆氣。「希望新藥有幫助，前提是她願意一直吃下去。目前她又陷入什麼藥都不吃的階段，她說那些藥會害她憂鬱。」

我聽得入神，沒有發出半點聲音。黎娜的媽媽好像病得很重。爸爸完全不會那樣。什麼是肌肉抽搐？類似抽筋嗎？

「黎娜的媽媽得了多重硬化症。」艾比向我解釋，我嚇得跳起來。

「喔。」我根本不知道那是什麼。

「妳還需要幫助嗎？」瑞吉問。「要不要我和安東妮亞談談？」

黎娜的社工竟然和我是同一個人？但隨即我又想，這有什麼好吃驚的，她們一定得同時照顧很多小朋友。

黎娜聳聳肩。「還能怎樣？她每次都很忙。」

瑞吉說：「她已經盡力了。」

「是啦，我也知道。她們的工作量太大，我媽媽是這麼說的。那些社工每個人的業務量都超重的，所以安東妮亞才會一天到晚都不在辦公室。」黎娜扮了個鬼臉。「我們總得自己想點法子，對吧？」

克莉絲朵則分享了她媽媽自己去參加工作面試，我原本覺得這沒什麼大不了的，後來才知道她媽媽眼睛看不見。接著泰勒說他弟弟通過游泳測驗，他真以他為榮。泰勒的爸爸在軍隊裡待過，得了叫做「創傷後壓力症候群」的病，他媽媽得了憂鬱症。我聽起來他家好像總是在吵架，泰勒要照顧三個弟弟，每天早上幫他們換衣服，準備上學的東西什麼的。泰勒和我一樣年紀，很擔心之後自己上了中學後怎麼辦，因為到時候他就得要搭公車，出門時間會比弟弟們還早。

莉西艾拉抱怨她爸爸不給她用手機。里斯什麼都沒說。

「克麗索，妳有沒有想和我們說些什麼？」艾比溫和詢問。

我做不到。我怎麼說得出口？**和其他人相比，我遇到的根本算不上是困難**。另一方面，我也覺得很羞愧，我怎麼能對他們說我爸爸把檸檬放在書架上？這些平時玩Xbox、不愛讀書的人對如此極端的怪異行徑會有什麼反應？

我縮在椅子上，搖搖頭。其他人似乎有點失望，除了里斯，他又從口袋裡掏出手機。

最後艾比和瑞吉帶大家玩一些遊戲，我和莉西艾拉、克莉絲朵、黎娜用撲克牌玩「心臟病」，直到我們該回家為止。

「下星期見。」我走出門外找爸爸的車，艾比和瑞吉向我道別。

我笑著對他們揮手。今晚真是奇特。那個房間裡的小孩子都要照顧他們的爸媽，或者是弟弟妹妹。彷彿一切全亂了套。負責照顧人的應該是家長，但他們給我的感覺卻像是**小孩子得扮演大人的角色**。

這就是長久以來我為爸爸做的事情嗎？是不是在媽媽過世後，我們的家庭生活就亂掉了？

第二十五章

那天晚上，我坐在書房的地板上，盯著媽媽小時候蒐集的書本。我抽出舊版的《清秀佳人》，看到她在第一頁用書寫體仔細寫下她的名字：卡蘿・柯斯提洛，九又四分之一歲。我撫摸她的簽名。相信她一定也很愛書裡的安妮——她的狂野、勇氣、想像力。媽媽是不是也曾經夢想過，有一天能和我分享這個故事？當她知道——當醫生告訴她——她再也無法陪我長大的時候，心中是什麼感受？我輕撫著她的字跡，閉上眼睛。

空氣停止流動，這個房間是我的避難所。我坐在地上，吸進周圍看不見的故事，**角色困在紙頁間，直到有人讀過書中文字，他們才重獲自由**。書能帶你到各種不同的地方，看見在現實生活中絕對見不到的人。我也吸進淡淡的油畫顏料味——突然間媽媽在我腦海浮現，清晰無比，紅髮在陽光下閃閃發亮（又是晴天！），笑得燦爛無比。暖意在全身奔流。**她就在這裡**；我沒有忘記她，也永遠不會忘記。

該來整理那些堆滿整間書房的檸檬了，我得把那些被遺忘的書本救回來。

我下樓對爸爸說：「我們來把書從倉庫後面搬回來吧。」

他坐在辦公桌後頭，閉著眼睛發呆。「克麗索，我累了。」

「我也是，可是我們得把書搬回來。」

「外面很暗。」

「**現在**，爸爸。這很重要。」

他吐出最沉重的嘆息，整個人活像是消了氣，彷彿體內不剩半點東西。

我不耐地等著。「快點啦。」

最後他說：「好吧。」

他花了好久好久，才套上放在後門旁的靴子。我的靴子太小了，腳趾頭擠得發疼，可是我幾乎沒有察覺，因為我不斷原地踱步，惱怒一分一秒增加。他的動作為什麼慢成這樣？

我們帶著手電筒踏進院子，倉庫就在最遠的一端，和圍牆間有一小塊縫隙。爸爸將手電筒照進那塊空間，我緊張地吞吞口水。倉庫後頭堆了滿滿十個左右的紙箱。他當初到底是怎麼塞的？

「一定要全部搬回家裡。」我說。

爸爸張開嘴巴，然後又閉了起來。他把手電筒遞給我，朝最近的箱子伸手，又拉又扯，花了一番工夫才搬動紙箱，這時其中一張箱壁整個散開，平裝書掉了滿地。我看到《傲慢與偏見》、《使女的故事》、《愛無可忍》（*Enduring Love*）[20]——這些都是媽媽的書。

「快撿啊！」我拚命抓起一本又一本的書，捧了滿懷，回到廚房後一股腦兒地全堆在餐桌上。

這些書的狀況很糟。有的已經發黑，邊緣甚至長出青苔；有的書背上的膠裝散了開來，而且每本書都濕透了。

我心中燃起熊熊烈火：一定要救回它們，這是我的任務。「一定要全部搬進來。不光是媽媽的書——倉庫裡頭的全都得救。」

爸爸不太情願。「我們沒辦法今晚全搬回來，克麗索。外面又暗又冷，而且家裡沒有地方放這麼多書。」

「當然有。」我執拗地回應。「不是還有你的書房嗎？」

反正書架上的檸檬都清掉了。

等到書都搬進屋裡，爸爸全身上下又冷又濕。他幾乎花了兩個小時，偶爾抱怨似地喃喃自語，瞄了我一眼又安靜下來。

有些書已經救不回來了。大開本的地圖集在我手中崩解、縫線斷裂，汙漬多到已經看不清楚圖片了，不過其他的書狀況還可以。我把書本鋪在書架和地板上，攤開書頁通風。這些書的數量實在太多了，等到我們搶救完畢，書房裡已經沒有落腳之處。我們站在門口，盯著覆蓋好幾坪空間的書本。我的背好痛，幾個小時前就該上床睡覺了，**但這幅景象令我心滿意足。我幾乎看見媽媽對我點頭微笑**。

20 英國作家伊安．麥克艾文（Ian McEwan）一九九七年出版的小說，曾在二〇〇四年改編成電影《紅氣球之戀》。

爸爸在我背後重重嘆了口氣。我無法分辨這是幸福的嘆息，還是悲傷的呢喃。

他還在想念他的檸檬嗎？我不敢問。

我只能對他說：「謝謝。」

第二十六章

那天晚上，我做了一個充滿書本的夢。我走在森林裡，書本從樹上長出來，我好餓。周圍又暗又冷，我的肚子咕咕叫著，於是我伸手從枝頭摘下一本書。那是一本藍皮的精裝書，我咬了一口，**紙張在我嘴裡融化，嘗起來像是棉花糖三明治**。

我從另一根樹枝上摘下一本紅皮平裝書，它和蘋果一樣又鬆又脆。我不斷地把書本往嘴裡塞，吃了又吃，直到樹上空空如也，肚子飽得脹起來。我坐在草地上呻吟，因為我開始不舒服了。

爸爸從森林間冒出來，對我說：「克麗索，妳很清楚要靠著鉛筆和訓練過的貂鼠，才能找到離開森林的路。我什麼都沒有教過妳嗎？」

接著**他突然變成一顆檸檬，滾進森林裡**。我聽見媽媽在唱歌，這不太尋常，因為她在我小時候好像不常唱歌，不過在夢裡，我很確定那就是她。她的歌聲讓我

呼了一大口氣，吐出剛才吃掉的書。文字從我嘴裡嘩啦啦地溢出，落在腳邊的草地上。我躺了下來，頭髮、手指、腳掌被文字、字母、句子纏住，陽光透過樹梢撒落，我覺得好快樂。

第二十七章

「所以你們把書全放在那裡嗎？」向小梅報告救援任務的成果後，她問：「全堆在書房裡？」

「對。要等它們自然風乾。有的可能還有救——雖然狀況沒辦法像以前那麼好，但至少還可以讀，之後再放回架上。我想其他的只能丟掉了。」

她露出痛苦的表情，點點頭。因為爸爸去參加諮商了，今天放學後我們直接回小梅家。小梅忙著把房間牆上某個複雜的圖案往外擴張，我拿著色本塗色。

「很高興有些書沒事。」她說。「妳媽媽的書呢？全部救回來了嗎？」

「沒有。」我低頭看著圖片。「我的意思是，全部搬進來了，但可惜《梅岡城故事》整本黏成一團，就算晾乾了，我不認為會好到哪裡去。」

「妳可以再買一本啊。」

「那就不是她的書了。」我停頓幾秒，劇烈的情緒席捲全身。「小梅，他怎麼能做那種事？把自己的書丟掉是一回事，可是他怎麼能丟了媽媽的書？她已經不在了！**那些是她的東西，準備要留給我的**。他知道把書丟在院子裡有多惡毒嗎？他是想故意害我傷心嗎？還是他的腦袋已經糊塗到根本沒辦法想這麼多了？」

「我不知道。」小梅吞吞吐吐地回應：「我猜如果這些事情不太……正常的話，那麼……。」她沒把話說完。

「妳覺得我正常嗎？」我問得直接。

她一臉愕然，紅色麥克筆懸在半空中。「嗯，在我眼中妳很正常。」

「妳有字典嗎？」

她伸手從旁邊書架上抽出厚重的書本，我們花了好一會兒才找到正確的頁數。

「正常。」她念出內容。「與標準或是普遍類型一致。尋常、規律、自然。」

「所以說**普遍的事物等於正常**。要是大部分的人都有藍眼睛，那麼棕色眼睛的人就不正常。」

「棕色眼睛也很普遍啊。」小梅反駁。「不能說只有一種正常的標準。」

「妳說得對。要是很多小朋友都只和父母的其中一邊住在一起，那就夠普遍，算得上正常，對吧？」

「我猜是這樣。」

「還有很多人死於癌症，對吧？所以那也是很正常的事情。」

小梅皺眉。「年紀不大的人生病死掉，不應該是正常的吧。」

「**不應該**和**不是**又不一樣。」我猛搖頭。「光是希望有不一樣的結果是沒有用的。」一股力量逼著我說下去。「而且還有很多人並非死於癌症，那也是正常狀況。所以……彼此相反的事情，怎麼可以都算是正常的？」

小梅若有所思地咬住嘴唇。「我很想知道大家是**如何決定什麼是正常的**。」

「假設沒有人可以完全確定……如果大家只是自我感覺良好地編造自己對正常的定義，那麼……。」

「那麼任何事物都是正常的。沒有例外。」小梅得出結論。

房裡陷入沉默。小梅和我凝視彼此。

彷彿有煙火在我腦中炸開。媽媽過世後，我一直覺得不太正常。有種格格不入的感覺。比起交朋友，我更喜歡讀書。我和爸爸一起住，他似乎有一半的時間沒注意到我的存在，而且他不喜歡彼此擁抱，又對內在力量無比堅持。**老實說我並不特別在意——只是我覺得這樣不正常**。

但是，如果說「正常」這個概念其實不存在呢？

如果說這個世界上，一切的事物都是正常的，所以我也是正常的呢？這個想法太不可思議了。

小梅低頭看了看字典，繼續說：「上面還寫了『心理學』。關於『正常』。呃……各種心理特質接近平均值，例如智商、人格，或是情緒調適能力。以及沒有任何精神失調現象，神智健全。」她闔上字典。

我還沒擺脫先前的思路。「假如任何事物都能是正常的，這又該如何解釋？」我看著她。「妳認為對我爸爸來說，把我媽的書丟出去或許是正常的行為？」

「我想一定是的。因為他需要書架，來放他的……嗯……檸檬。」

她的語氣讓我好想笑。世界上哪有這麼蠢的事情？

小梅瞥了我一眼，我看見她的嘴角微微勾起。她說：「至少不是，嗯，手指之類的。」

「手指？」

「妳知道的，就是連續殺人魔啊。或者是把死掉的嬰兒蒐集起來。」

我嚇到張大嘴巴。「這太……**太噁了！**妳怎麼會想到這麼恐怖的事情？」

她眼中閃著調皮的光芒。「哪會啊？我只是說說而已嘛，還有更厲害的呢。我的意思是——不過是檸檬，又不是什麼會讓人做惡夢的東西。」

我忍不住笑意。「妳又知道了？我現在會夢見它們，把我嚇死了。昨晚我夢見我爸變成檸檬，滾進森林裡。」

她笑出聲來。「我是說，**就算妳爸爸有點瘋狂，也還不到危險的地步**，對吧？把檸檬放在書架上確實有點怪，但算不上是什麼緊急事件，對吧？」

「也是啦。」

「他的諮商結果如何？」

我聳聳肩。「我想還不錯。他回到家的時候偶爾會滿沮喪的，他們可能是要他多提起我媽媽吧。」

「喔。」小梅沉默一會兒才開口：「我猜他一定很想念她。」

「應該吧……」我滿心困惑。「**他從來沒有說過這種話**，每次都說要運用內在力量，克服悲傷的感受。」

小梅斜眼看我，眉頭擰成一團，好像聽不懂我在說什麼。「什麼意思？」

「人必須依賴內在力量。」我繼續在著色本上塗色。「當你傷心或是擔心或是寂寞之類的時候，必須要探索內心，找到你的內在力量，用它來抹去不好的感覺，讓你恢復好心情。這樣你就會變得堅強了。」

小梅依舊一臉茫然。「哇塞，我想我從來沒有尋找過我的內在力量。妳想我也有嗎？」

「每個人都有。」我點點頭。

「妳覺得……」小梅停頓了一下。「妳爸爸的內在力量是不是用完了？」

我盯著手中的圖畫。「這股力量可能有上限。」我說出心中想法。「**如果把悲傷鎖起來太久，它可能會越變越多，就像是裝滿的水槽**。等到某天水槽炸開，超越正常份量的悲傷就會全部跑出來。」

小梅點點頭。「這就和妳有多少內在力量無關了。」

「也許**讓自己偶爾傷心一下是很重要的事，不要讓那個水槽裝得太滿。**」我毫無意識地脫口而出。

圖畫上藍色與黃色的交接處突然冒出一小圈水漬，我用袖子抹掉。

「我跟妳說，我媽媽的病發作得很快。在她離開以前，幾乎沒有時間做她想做的事情。有時候我會想，如果他們沒有發現癌症，沒有告訴她，她會不會還活著？我的意思是，**是不是因為我們把這件事告訴她，才讓癌症變成真的？**」

「妳還ＯＫ嗎？」小梅問。

「沒事。」

「可是妳在哭耶。」

「是嗎？」我還在逞強。

她溫柔地抽走我手中的著色本。「妳一定很想念她。」

或許我身上也有一個裝滿悲傷的水槽。

小梅靠了過來，一手抱住我。「哭一下沒關係的。」她的語氣好像護士。「這和內在力量無關。妳沒有媽媽了。為了這個流眼淚是很正常的。」

我乖乖照辦。在我哭完之前，小梅一直緊緊抱著我。

第二十八章

爸爸開車來接我，順便留在小梅家吃晚餐。我們大口啃著香烤雞翅，沾黏答答的醬料，還有米飯和豆子。這些食物好好吃。發現鍋子裡沒有第二份的量時，爸爸甚至有點沮喪。

小梅的媽媽發現了。「你在家會煮菜嗎？」

「稍微。」他停頓一下，又補充兩句：「我應該要更常自己煮東西的，可是我每天都太累了。」

「這道菜很簡單。花十分鐘切好所有的材料，再放進烤箱就行了。另外再煮個飯就更豐富囉。」

爸爸低頭看著空蕩蕩的盤子，我以為他打算再說些什麼，但他沒有開口。

「把食譜借我吧，我喜歡煮菜。」我說。

爸爸猛然起身，離開用餐室。

我們面面相覷，我覺得臉頰發燙，眼中充滿淚水。**我是真的喜歡煮菜！**我已經幫爸爸煮過好多餐了！**他在生我的氣嗎？為什麼？**

沒有人知道該怎麼辦。

「妳還ＯＫ嗎？」小梅悄聲問。

我用力點頭，但我沒有看她。

幸好這時小梅的爸爸主動聊起上星期上班途中遇見的事。小梅的媽媽一邊聽著，在恰當的時機提問、笑了幾聲，並起身收拾碗盤，送上水果沙拉。克里斯多夫抱怨他不喜歡水果，開始挖鼻孔。小梅不斷偷瞄我，雖然我知道她很擔心，但我希望她別這麼做。這樣讓我好窘。我接下一碗水果沙拉，低頭盯著它看。

爸爸這時才走回餐桌旁，他只說：「各位，不好意思。」就坐了下來，沒有解釋他為什麼離席，也沒有對上我的視線，因此我想他可能還是為了某個原因生我的氣。我覺得喉嚨好緊，沒辦法吃下任何東西。

餐桌上又陷入尷尬的沉默，小梅的媽媽開口：「克麗索，妳期待聖誕節嗎？」

不怎麼期待，真的。家裡只有爸爸和我，如同往年一樣，我從來沒有介意過這件事。可是想到今年只有我們兩個，坐在冷冰冰的屋子裡各自讀著書……我好害怕。這也太寂寞、太悲傷了，聖誕節應當要和家族團聚……但我們沒有其他親人。媽媽的父母老早就過世，爸爸的父母則在我出生前就移民到澳洲，我好像只見過他們兩次。我沒有叔叔阿姨、堂表兄弟姊妹——半個都沒有。一般人所謂的「家族」會只有兩個人嗎？這樣正常嗎？

「我……」我想回答，卻不知道要如何完成這個句子。我只好咬住嘴唇，拿叉子戳弄水果沙拉。

「她可以一起來過聖誕節嗎？」小梅突然問。

「什麼？」

每個人都盯著小梅看。

「我是說**他們**。」小梅小心地更正。「他們可以過來嗎？克麗索和她爸爸？」

我的眼睛突然一陣乾澀，彷彿是遭到無形的冷風吹襲。在小梅家過聖誕節！這個概念太難以招架了。我無法放任自己繼續思考。這真的……。

我轉向爸爸。他活像是被人拎起來的倉鼠，不知道該往哪裡逃。

「呃……」他說。「這個……。」

「喔，拜託。」我無聲哀求。

「嗯，我們來看看如何安排吧？」小梅的爸爸說。

飯後，我去拿大衣，小梅送我到玄關。「妳一定要來我們家過聖誕節！」她輕聲說。「我敢說那一定會很棒！妳一定要說服妳爸爸！」

我握住她的手，下定決心。「即使用盡最後一分力氣，我也會來的。」

小梅把我的手握得更緊。「一大早就過來！不要忘記帶妳的襪子！我們可以一起拆禮物！」

我瞄了爸爸一眼，但他忙著和小梅的爸爸說話。「放在我襪子裡的禮物每次都不怎麼樣。」我用最小的聲音說。

小梅拉我到她身邊，在我耳邊悄聲說：「那妳可以和我分禮物呀。」

事情就這麼說定了。聖誕節當天早上，**我一定要來小梅家，一定！**

第二十九章

十二月了，今天是我第四次參加兒少照顧者團體的活動。我仍舊覺得自己是個異類。安東妮亞和莎拉真的期待我會在這裡交到朋友，只因為大家的爸媽都問題重重？光靠這層共同關係就能建立友誼嗎？我實在是坐立難安，仍舊找不出我和其他人有別的共通點。這樣很難聊起來。

昨天我透過電話試著向安東妮亞解釋這個問題，她聽完以後，只說現在才剛開始，別想太多。我想問是否還要再約一次面談——她和我和莎拉和爸爸——然而後頭響起電話鈴聲，她只得結束通話。

今天的美勞活動是把聖誕禮物的型錄撕碎，拼貼在牆上。我找到型錄其中一頁的錯字，指給黎娜看。她好像覺得滿好笑的，可是莉西艾拉完全看不出錯在哪裡。

「這裡印著『堆績木』，應該是『堆積木』。」我解釋給她聽。

莉西艾拉聳聳肩。「感覺都一樣。不過我有閱讀障礙。」

我恍然大悟。「所以妳才不喜歡讀書？」

「對啊。太難了。」

我猶豫了下。「或許妳只是沒有找到適合的書。」

她堅決地搖搖頭。「才怪。我什麼都試過了。我的腦袋太笨了。」

我不知道該如何回應。她的腦袋很笨嗎？或許是吧——這是壞事嗎？「妳一定有擅長的事情。妳在學校喜歡什麼科目？」

「我討厭學校。很少去。」她對我燦笑。

「喔。」這下換我的腦袋打結了。「妳的意思是，妳——呃——蹺課？」

「對。總比學那些垃圾好。」其實她說的不是「垃圾」，而是更沒禮貌的字眼。我正在努力習慣這裡流行的語言。這些小朋友把髒話掛在嘴邊，但我完全做不到。**那些詞彙嘗起來很奇怪，像是酸臭的甜食。**

「如果妳沒去上學，妳媽媽不會生氣嗎？」

莉西艾拉輕蔑地吹了口氣。「我媽沒和我們一起住。她腦袋不清楚了。」

「是嗎？」我起了興趣。「怎麼說？」

「她得了躁鬱症。」

「那是什麼？」

「就是有時候你會非常、非常、非常快樂，做很多瘋狂的事情，例如花光所有的錢、喝掉一整瓶萊姆酒、想在半夜重新粉刷屋子。然後你又突然變得非常、非常傷心，只會坐在角落狂哭，還想自殺。」

我瞪大眼睛盯著她。「哇。聽起來很——嚇人。」

莉西艾拉聳聳肩。「對啊，真的。所以我爸爸才和她分開。我想和媽媽一起住，可是大家都說她不適合照顧我和我弟弟。」

她有兩個弟弟——這是她之前和我說的。他們喜歡在起居室打鬧，每次都撞到家具，或是從沙發上摔下去、跌斷手臂。莉西艾拉說她甚至認識急診室的每一位護士，因為他們實在太常造訪那裡了。

「那妳媽媽現在住哪裡？」我問。

「某間有供餐的民宿。我不喜歡那裡，到處都有怪味，媽媽的憂鬱變嚴重了。不過他們給她開了新藥，說應該能改善。」

「喔。」聽起來和我爸爸很不一樣。

「妳呢，妳怎麼會來這裡？」一直靜靜聽著的黎娜突然開口。「妳爸媽有什麼問題？」

我深吸一口氣。我還沒向任何人提過我的生活。「我媽媽過世了。癌症。」

「喔。」黎娜一臉同情。「真是不幸。」

「哪種癌症？」莉西艾拉追問。

「卵巢。」我說。

她點點頭。「得這種癌症很快就會死掉，我想。我家鄰居也得過。發現的時候已經太晚了。」

我咬咬嘴唇。「對，我媽媽就是這樣。」

「所以妳和妳爸爸住在一起？」黎娜問。

「嗯，只有我和他。我覺得……好吧，**他的腦袋也有點不清楚**。不過和妳媽媽不太一樣，莉西艾拉。**他只是有點古怪**。」

她表情茫然。「那是什麼意思？」

「他有點健忘。還對奇怪的事情有點執著。」

「例如什麼？」

我對她們說了檸檬的事情。心底有個聲音要我別這麼做，因為這感覺像是出賣了爸爸。但我本來就是該在這個地方談論這種事的，對吧？

莉西艾拉哈哈大笑。「他在書架上堆滿檸檬？超級無敵怪的啦！」

黎娜說：「莉西艾拉，別這麼誇張。」不過我發現她也在憋笑。

「至少他沒打算自殺呀。」我狠狠回應，但我立刻倒抽一口氣，後悔萬分。

莉西艾拉的笑聲突然中斷，她垂頭盯著桌面，雙手握成拳頭。

「對不起。」我馬上道歉。「我不是故意這麼說的。」

「我媽媽有時候會說，要是可以的話，她早就在車子裡把自己毒死了。」黎娜小小聲說。

我覺得好難受。「真的很抱歉。我真的不該說這種話的。可是我爸爸……那些檸檬。實在是——實在是很嚇人。是有點奇怪又好笑啦，可是很恐怖。**感覺他腦子裡裝了一堆我完全不知道的東西。**」

兩個女生點點頭，莉西艾拉嘆了口氣。「大腦好奇怪。人都好奇怪。」

「妳爸爸有接受幫助嗎？」黎娜問。

「有。諮商。」

「小心點。」莉西艾拉警告似地說。

「什麼意思？」

「大人在接受諮商的時候會變得很好笑。他去多久了？」

「兩、三個星期了吧，怎麼了嗎？」

她點頭。「妳仔細注意。開始治療以後，很多人都會變得超憂鬱。」

「什麼？為什麼？我以為他們應該會變得比較不憂鬱！」

「不知道。」莉西艾拉聳聳肩。「我媽媽的治療開始沒多久，她整個人瘋到不行，比平常還糟。治療師說這是正常反應，大部分的人一開始都會這樣，之後就會變好。」她扮了個鬼臉。「**但我到現在都還在等我媽變好！**」

我盯著桌上撕碎的紙張。真的嗎？爸爸接受治療以後還會變得更糟？他還能做出什麼瘋狂的行徑？如果他想尋死，我該怎麼辦？

第三十章

莉西艾拉的話把我嚇壞了，接下來的幾天，我緊盯著爸爸，但他看起來安安靜靜的，只是有點悲傷，和平常沒有兩樣。我猜這算是正常吧。然而恐懼揮之不去，我不斷想像會不會哪天放學回到家，發現他縮在角落啜泣。

幸好我的幻想沒有實現。某個星期二我回到家，發現他在廚房裡。收音機開著，播放某種輕快的古典音樂。爸爸的雙手也忙個不停，攪拌鍋子裡的米飯。他朝我轉身，我驚訝到有點頭暈，因為**他看起來好快樂**。真正的快樂，笑容滿面，臉色紅潤。這幅景象讓我看傻了眼，**不知道為什麼，我更緊張了**。

「今天挺冷的吧？」他的語氣好愉快。「我想煮小梅家那道雞肉暖和一下。」

「哇。」我把袋子放到地上。外頭確實很冷，小雨下個不停，再加上路上車子濺起的水花，我幾乎濕透了。從校車站牌走回家這段路好冷，我去年的大衣現在袖長已經不夠了，雙手凍得要命。「感覺很棒耶。我需要暖暖胃。」

爸爸說：「快去換衣服吧，多穿幾件，再過十分鐘就開飯囉。」

我沒有說現在——下午三點四十五分——吃晚餐有點怪，如果肚子已經餓了，哪有什麼時間不適合吃飯呢？於是我上樓，把制服丟了滿地，找出最舒服的衣物，加上兩層襪子和穿得破破爛爛的室內拖鞋，鞋底已經磨損到可能會害我在光滑的石板地面上跌倒。

爸爸正在盛盤，聞起來超好吃。

「我忘記吃午餐了。」他說：「這算是我的午晚餐。類似在下午吃的早午餐。」

「聞起來超棒的。和小梅媽媽煮的一模一樣。」

「我煮了很多，所以我們都可以再來一盤。」

我笑了。真不敢相信他會這麼做，簡直就像是另一個人。他不再焦慮地望著我，露出「我做錯什麼了嗎？」的表情。他看起來過得很好。不是那種瘋狂興奮的好，就是……很正常的好。他看起來很放鬆。

糾結在我心中的恐懼，這才鬆開了一點點。「爸爸，你還好嗎？」

他一邊挖起食物往嘴裡塞，一邊點頭。「我很好。今天狀況很不錯。一定是那些藥起作用了。」

大約一個月前，醫生開了一些藥給他，也說要等吃一陣子才會看到效果。所以結果是這樣嗎？藥物？他被治好了嗎？現在他沒事了？

這道菜吃起來和聞起來一樣美味，狼吞虎嚥後，我感覺暖意擴散全身。

「爸爸，你太厲害了！你真的很會煮菜耶！」

他一臉愉悅。「我只是照著食譜做。沒有那麼難啦。」

「喔，我認為這比小梅媽媽做的還要好吃。」其實沒有。有些米粒糊成一團，我嘴裡這塊雞肉外層有點焦，但我沒有說出來。「你接下來想做什麼菜？」

「我正在讀卡蘿留下來的食譜。」他說，我嚇了一跳。我不記得他上回說出媽媽的名字是什麼時候。「有一道砂鍋牛肉看起來不錯。我明天可能會去採買。」

我對他笑著說：「如果你願意的話，我可以幫忙。例如切菜之類的。」

「謝謝。」他看著我。「妳感覺如何？」

「很好。真的很好。」此時此刻，真的是如此。

他也笑了。「我也是。乾杯。」

我們敲敲對方的叉子。

我的內心就和肚子一樣充實，真想把時間凍結在這一刻，等到必要時刻就可以找出來回味。

我萬萬沒想到，這個「必要時刻」就在兩天後降臨，一切再次變了調。

第三十一章

星期四放學後我開開心心地回家。小梅和我正在為校內的報紙寫聖誕節的故事。史帕林老師得知我和小梅正在合寫一本書後（雖然自從上次收到負評後，《世界終結戰之後》一直沒有多少進展），她提議我們以聖誕節為題材投稿，也許有機會刊登在學校的報紙上。她一臉期待，簡直比我們兩個當事人還要興奮。

但後來小梅說：「其實啊，如果這篇故事夠長的話，就可以印成冊子，賣錢來替學校募款。像是募資計畫那樣。」

小梅滿腦子都是如何籌錢，我猜她長大以後會變成企業家。

因此，從校車站牌走回家的路上，我臉上掛著笑容，肚子裡暖洋洋的。小梅和我已經決定這個故事要怎麼寫了，背景設定在第一次世界大戰期間，有個小男生希望他爸爸能從前線回家過聖誕節。這個故事既溫馨又正面，一定能賺到不少眼淚。光是構思大綱就把小梅惹哭了，這是個很好的開始。

走進家門時，我驚訝地發現廚房的燈沒開。爸爸最近熱衷於烤派，只是我沒聞到煮東西的香氣，烤箱裡也沒有東西。屋子裡又暗又安靜，恐懼的觸手從背後向我戳來，我突然想到莉西艾拉的母親，她一下很高興，一下又變得超傷心，很想死。

「哈囉？」我高聲呼喚，胸口塞滿空氣，很難呼吸。「爸爸，你在嗎？」沒有回應。我走進書房，我們搶救回來的書整整齊齊地排在架上。他不在這裡。檯燈沒開，不過電腦螢幕散發著藍光。我走到辦公桌前，晃晃滑鼠解除螢幕保護程式。

電子信箱開著。我猶豫了下。我知道我不該偷看他的信件，那是他的隱私。但我的眼睛忍不住掃過螢幕，一看到〈檸檬的歷史：投稿回覆〉的信件標題，我就無法移開視線了。我點開那封信。

感謝您投稿的大作《檸檬的歷史》。毋庸置疑，您一定針對本作投注大量心力，我們認為這是相當透澈又易懂的作品。然而目前非小說市場十分冷清，非常抱歉，我們必須告知無法接受您的稿件。祝您後續投稿一切順利。

喔，不。我的心一沉。我跳出這封信，馬上就看到底下還有另一封信，來自不同的出版社。對方的回應乾脆又客套：

很遺憾，《檸檬的歷史》不符合敝社當下的出版路線……。

這是兩封退稿信。在同一天內，他的畢生巨作遭到拒絕兩次，而且兩封信相隔不到幾分鐘。

他在哪裡？

我找遍家裡各個角落，大喊爸爸。他不在廚房、不在樓上、不在他或我的房間、不在我的書房、不在浴室。沒看到他沒在浴缸裡把自己淹死，我鬆了一口氣。可是他會不會在車子裡毒死自己？我衝下樓，腳步急到一口氣跳下最後三階樓梯，接著我用力推開門，沿著石板路跑到我家破舊的車庫。車子停在裡面，可是引擎冷冷的，車裡沒人。

我喘個不停，拚命東張西望。他會去哪裡？

他離開我了嗎？

這時候好像應該要打電話找人幫忙。警察？我覺得我應該沒勇氣按下報案號碼。這不算是什麼緊急事件吧？

儘管如此，我還是回到屋裡，電話就放在玄關搖搖晃晃的架子上，撥號時如果按得太用力，架子就會脫離牆面掉下來。

我抓起話筒，準備打到小梅家。她媽媽一定知道該怎麼辦。還是我該打給安東妮亞？我在電話前猶豫不決。

這時，屋裡傳來微弱的聲響，聲音小到我不敢確定是不是真的聽見了。是從起居室傳來的——媽媽從前的房間。

恐懼令我全身冰冷，不安貫穿我的背脊，頓時刺痛不已。我推開門，一手緊握話筒。剛才我一直沒有查看這間房間，我甚至完全沒有想到。

房裡一片漆黑。電視上演過太多一開燈就會看到恐怖景象的橋段。我的想像力瘋狂運轉。爸爸會不會倒在地上，手腳被綁住、嘴巴被堵起來？

燈一亮，我一眼就看到他。他坐在沙發上，凝視空蕩蕩的壁爐，身體像雕像一般僵硬，就只是一直望著前方。

「爸爸？」他紋風不動的模樣害我以為他癱瘓了。說不定他真的沒辦法動了？也說不定某種神祕的疾病發作，他被困在這裡一整天，無法求助。

我坐到他身旁，話筒還握在手中。「爸爸，是我，克麗索。你還好嗎？」

他眨眨眼，臉上閃過一絲情緒，但他沒有說話，也沒有轉頭。

「你要看醫生嗎？你能動嗎？爸爸——我要你跟我說話。」

他舔舔嘴唇，彷彿它們太乾，無法構成任何語言。「我的書。」他低聲說。

「喔，爸爸。我知道。我看到那些信了。我很遺憾。」

「一天兩次。」

「這不代表其他出版社也會拒絕啊。你寄給很多家出版社，對吧？」

他依舊沉默。

我繼續說：「而且很多書一開始也被退稿很多次啊。像《哈利波特》就是。」

他沒有受到鼓勵。「那是我多年的心血。」他說。

「我知道。爸爸，我很遺憾。」我按住他的手臂，輕輕捏了捏。

他好像沒聽見我的聲音。「要是沒有人想出版，我該怎麼辦？」

我不知如何回應。「來啦，爸爸。」我拉拉他的手臂。「我們來煮點好吃的。」

他一動也不動。「我不餓。」

我盯著他，思考接下來要怎麼做。最後我自己熱了罐頭湯、切幾片麵包，端進起居室。這裡好冷，我丟了幾團報紙進壁爐，再壓上兩根木柴。等我找到火柴，生起火的時候，湯已經冷了，他半口都沒吃。

「有個舒服的爐火，這樣好多了。」我努力炒熱氣氛。

這根本不是什麼舒服的爐火。我生火的技術不好，房裡完全沒有暖起來。我吹了幾口氣，想讓火燒得旺一點。火舌可憐兮兮地閃了閃。

我默默喝完冷湯，吃了兩片麵包。爸爸還是毫無反應，嘴裡偶爾冒出一句「我的書」，活像個迷路的小孩。

爐火熄了。我端起我們的碗和麵包，收回廚房，洗好碗盤、燒一壺水。我要幫他泡茶。說不定他會喝。

我泡好兩杯茶，端了過去。「我該寫作業了，要我拿來這裡寫嗎？」

我知道他聽見了，因為他的眉毛稍稍挑起，這個表情是「不知道」的意思。

我拎著書包進來，坐在地板上，一邊寫作業一邊和他說話。「史帕林老師給我一張科學學習單，得填寫關於磁鐵的問題。你覺得第一題的答案是a還是b？」

他沒有回應，不過我還是繼續下去。**內心深處有個角落害怕極了**。他好愛那本書，從我有記憶以來，他一直都在寫那本書。就連書架上的那些檸檬都是作品的一部分。如果沒有出版社願意替他出書呢？他所有的努力……全都泡湯了。這甚至比《世界終結戰之後》底下的那篇負評還慘。相較於此，那不過是件小事，爸爸的書可是無比重要、超級重要，**他的畢生巨作**。

這是他人生中最重要的事……也許比我還重要，我想。

我好想撞破出版社大門，對著老闆的臉大吼大叫。我想寫電子郵件，用一堆髒話譴責他們幹的好事。他們回絕稿件的時候，都沒有想過在作品裡投注靈魂的作者嗎？他們怎麼能寫那種無情的信？

最近他一直都很努力。他真的想當個更好的爸爸。一切都是如此順利！他會煮飯、他會笑了，甚至是哈哈大笑！我知道他還有很長的路要走，但至少有了開端，我已經開始想像我們可以過著快樂的生活——現在卻變成這樣。要是他永遠無法恢復的話，我怎麼辦？

恐懼在我腦中啵啵冒泡，但我不斷唸出作業上的問題。他靜靜坐著，不時嘆氣。其實我的整份作業都在亂寫。

等我寫完，我端著馬克杯（他的杯子還是滿的）回廚房，放在流理台上。我靠著水槽，望向窗外黑漆漆的天空。該怎麼做？我應該打電話給安東妮亞，說爸爸變得怪怪的嗎？可是已經過了六點，她應該離開辦公室了。

突然間，我好想好想打給小梅。這股衝動強烈到我開始顫抖，得要抓著水槽才能站穩。我不想自己面對這件事。小梅會幫忙，她媽媽會幫忙。

可是，如果……如果爸爸崩潰的話，怎麼辦？就像莉西艾拉說的？要是其他人的介入把他逼到走投無路呢？如果他跨越精神的極限，我該怎麼辦？

如果爸爸想要……。

如果爸爸……。

我會被送去哪裡？誰來照顧我？

我不能冒險。最好的做法就是待在他身邊，靠得很近，盯著他。裝出開心的模樣。讓他繼續活下去。一切照舊。

我望向窗外，漆黑的天空中閃著點點光芒，我深吸一口氣。

然後我回到起居室。壁爐裡只剩最後一點橘色火星，其餘的火苗都熄滅了。我下定決心，撥開灰燼，重新點火，這次好多了。以前像我這個年紀的女生，好像都會到別人家當女傭，也是要這樣點火，一點都不難。

差強人意的暖意從壁爐裡的廢紙與木材堆中冒出來，我轉向爸爸。他凝視閃爍的火光，除此之外毫無動靜。

「我去拿毯子。然後我們可以看一下電視。OK？」

他微微皺眉，彷彿是想記起什麼，卻半句話都沒說，於是我上樓，從我床底下拉出藍色的大毛毯。

BBC二台正在播映關於鄉間風光的節目。這樣不錯。我把毯子蓋在他大腿上，自己縮在沙發的另一端。房間裡算得上舒服。我開始假裝自己是書中的人物，這招很有效。背景是維多利亞時代，我是可憐的小女孩，和她殘廢的父親住在一

起，前途茫茫。到了故事結尾，自從我母親過世後，她有錢的姊姊不斷尋找，最後終於找到了可憐的小外甥女，我們將會永遠過著富裕溫暖的生活。有點像《小公主》，只是少了中間去印度那段的情節。

不過我真的很難一邊看著電視，一邊想像自己身處維多利亞時代。節目講到人們獵捕狐狸的經過，出現一幕狐狸被大卸八塊的驚悚畫面，我偷瞄爸爸一眼，心想是不是該轉臺，但他看著螢幕，似乎有點興趣。於是我閉上眼睛，繼續在腦海中編織故事。

介紹完鄉間風光，猜謎節目接著登場，然後是新聞。爸爸沒有起身，就連廁所都沒有去。我們盯著電視看了三個小時，我已經在腦中寫完整本小說。

最後，我想到應該要準備上床睡覺。可以把他單獨留在他的房間裡嗎？要是他想不開的話……？

不行，我做不到。無論如何，我一定得在他房裡過夜。

「爸爸，該去睡覺了。」我關掉電視。

他毫不抵抗，跟著我走出起居室。這算好事嗎？讓他上樓是件苦差事，我從後頭推著他，他手腳並用、搖搖晃晃地爬上樓梯，像是小孩子或是很老很老的人。我要他去上廁所，站在外頭焦急等待。等他出來，我提醒他要洗手，於是他又回廁所一趟。

我沒打算要他換睡衣，只叫他坐在床上，我幫他脫鞋。然後他躺下來，我替他蓋好羽毛被。

「克麗索，謝了。」他的視線固定在天花板，雙眼瞪得老大。

「我今晚要睡這裡。」說完，我回自己的房間，把床墊拖過來。我到現在才知道床墊有多重——而且沒有握把或是可以抓住的地方，因此拖著它橫越走廊，**擠進爸爸房間簡直就像扛起大象**。等到床墊落在他房間的地板上，我已經渾身大汗，頭昏眼花。

我又去拿了被子和枕頭，在地上鋪好床，接著進浴室照著平時的習慣梳洗。穿上睡衣前，我想到應該要確認前後門是不是都鎖了。我披上對現在的我而言已經小了兩號的浴袍，走下樓梯。隔著快磨穿的室內鞋鞋底，石頭地板透出陣陣寒氣。

壁爐裡還剩幾點固執的火光，不知道該不該完全撲滅。要是留下些許餘燼，整棟房子是不是有可能燒起來？

我好累，這個重大的抉擇幾乎逼出我的眼淚。最後我等著爐火自己燒完，爬回二樓，腳掌已經凍成冰塊。**只要撐過今晚，說不定明天早上一切都會好轉**。

我鑽進被窩，揉揉雙腳。爸爸沒有發出半點聲音。他有在呼吸嗎？我忍不住起身查看。

他還睜著眼睛，在我坐起來的時候，他喃喃念著「我一切的努力都……。」

我用力掩著嘴巴，就怕自己會哭出來。然後我再次躺下。

今晚絕對無比漫長。

第三十二章

我半夜不斷起來確認爸爸還活著，不確定自己究竟睡了多久。人不可能因為傷心過度而死吧？如果是小說情節也許會發生，儘管我知道現實生活中不可能有這種事，卻還是忍不住心驚肉跳。

早上八點半，我爬起來，很高興看到爸爸閉著眼睛，還在呼吸。我好奇他是在何時入睡的。我踮著腳尖離開房間，不想吵醒他。

今天是星期五，可是我不能去學校，我怎能離開他身邊？於是我打開爸爸的電腦，寫電子郵件到學校辦公室：很抱歉，克麗索昨晚生病了，今天無法上學，家長敬上。幸好學校接受電子假條。

學校的病假有許多規則。恢復健康後，還得多等兩天才能回去上學。因此在必要時刻，下星期一我還可以用同樣的藉口請假。

我一邊聽電臺節目介紹安妮．法蘭克，一邊吃吐司。節目內容真的很有趣，我想記下一些內容，之後要和小梅討論。

我打電話給安東妮亞，她沒接，轉進語音信箱。我遲疑幾秒，不知道該說什麼。「嗨，我是克麗索。呃……我只是想……我爸心情有點低落。呃……星期一再跟妳說吧。」我掛斷電話，覺得自己好蠢。我最討厭語音留言了，每次都不知道該說什麼。

我穿著睡衣和睡袍溜進爸爸的書房，想找一些提振心情的東西。即使擺上我們救回來的書本，還有一半以上的架子空蕩蕩的，想到那些再也回不來的書，我的胸口陣陣刺痛，我感覺自己像個殘酷的殺手，無情地切斷了它們的維生裝置。它們已經書頁脫落、背膠溶解，沾滿汙泥，頁面摸起來黏答答的。

架子上放著還算完整的書——在我看來就像是瑟縮的生還者——我摸過書脊，伸手拿下一本精裝書，書衣破了，上頭滿是汙點。這是查爾斯·狄更斯的《遠大前程》（*Great Expectations*）。我隨意翻開，直覺地納悶：上面的字也太小了吧？讀這本書的人怎麼可能不會頭痛？

現在媽媽的書架只擺了半滿。我堅持把她的藏書放回原本的位置。《梅岡城故事》缺席了。除了《菲德莉嘉》（*Frederica*）[21]、《牙買加旅店》（*Jamaica Inn*）[22]、《微物之神》（*The God of Small Things*）[23]、《瓶中美人》（*The Bell Jar*）[24]之外，至少還有五本書也再也回不來了。

我抽出其中一本，其實應該要丟了，但我就是狠不下心。那是夏綠蒂．白朗特的《簡愛》，我會保留它只是因為裡頭的蝴蝶頁留著媽媽的字跡，和其他書上的一樣整齊仔細：卡蘿．柯斯提洛，十又二分之一歲。

這個年紀，就和現在的我一模一樣。

---

21 英國小說家喬潔特．海耶（Georgette Heyer）一九六五年出版的羅曼史小說。

22 英國小說家達芬．杜．莫里耶（Daphne du Maurier）一九三六年出版的懸疑小說，曾由希區考克改編成同名電影。

23 印度作家阿蘭達蒂．洛伊（Arundhati Roy）一九九七年出版的魔幻寫實小說。

24 美國作家雪維亞．普拉絲（Sylvia Plath）在一九六三年出版的半自傳小說。

撫摸字跡的手指輕輕顫抖。這是當年的她的一小部分。小時候的卡蘿，還要過很久才會成為我媽媽。她特別中意這本書嗎？這已經不重要了。總之我會讀完這本書，總有一天會讀完她所有的藏書。

我翻了幾頁，憋住呼吸。她的雙眼也曾掃過這些字句。數十年前，故事流進她心底，現在，同樣的故事也流入我心中。透過這本書，我們有了聯繫。她又出現了，在我心中，在燦爛的陽光下微笑。**書本帶給我們的不只是故事，還能喚回我們失去的人事物。**

真希望妳也在這裡，我想。這是我最大的願望。我閉上眼，非常、非常、非常用力地許願，我想我心中負責許願的角落，可能會被如此強大的力量擠破。

第三十三章

爸爸還在床上躺著。我送來食物和飲料，他幾乎什麼都沒碰。我知道人可以很久很久都不吃東西，但不喝水實在不行。

「你要喝點水啊。」到了中午，我對他說。我把杯子湊到他嘴邊，直到他不得不喝下一小口。然後我拉他的手握住杯子，要他自己握牢。

我努力逗他開心，甚至為他讀了幾頁書，但他閉上眼睛，翻身背對我，把被子拉到頭頂上。我提議下樓一起看電視，他什麼都沒說。

安東妮亞沒有回我電話。不知道為什麼。可能她辦公室的電話答錄機壞了吧；也有可能是因為她今天沒進辦公室，請了病假；或者是她聽了我的留言，但又覺得不太重要。話又說回來，**這件事真的很重要嗎？**我自己也不知道。我想再打一次電話，卻又不想一再打擾人家。

心裡的碎唸停不下來，我擔心要是和別人說了，他們就會把我和爸爸拆散。而且如果我沒有留在這裡盯著他，天知道會發生什麼事？

我回到爸爸的書房，又把《簡愛》取下來讀。女主角簡愛被關進紅色房間那一幕把我嚇得直打寒顫，真是太可憐了！她失去了**雙親**。在我讀過的書裡，有許多人痛失摯愛，這些情節讓我莫名地有些安慰，好像不是只有我一個人是這樣。

我繼續讀下去，腦中卻不由自主地爆發出靈感：新的角色跳進我的思緒，纏著要我繼續把他們的故事說完。我丟下《簡愛》，拿出紙筆，趴在地上，筆尖飛過紙張，我不加思索地填滿各種字詞文句。**感覺像是從腦袋直接把文字和想法撒到紙上**，而我完全不知道它們原來一直存在我的腦子裡，就像是施了魔法。

屋裡沉滯安靜，但我現在一點都不在意，我的腦袋裡燃起烈火，滿滿的想法、夢境、記憶，在我的描繪下，一個小女生出現了，媽媽小時候一定就是這副模樣；還有一個寂寞的小男生，他不知道要怎麼交朋友。在我的故事裡，他們相遇了，她在他心中裝滿鮮花、音樂、笑話、旅程，小男生發現**兩個人在一起，遠比自己一個人還要快樂**，他們決定要永遠在一起，因為這樣最好。比原本的人生還要好上幾萬、幾億倍。

第三十四章

等到我的手痛到握不住筆，我已經寫滿了二十幾張紙。我揉揉眼睛，現在一定過了傍晚六點，房裡幾乎一片漆黑。

我抓著整疊紙爬起來。糟糕！我都忘了爸爸了！我太過迷失在自己的世界裡，他可能曾經下樓、洗澡、煮飯，或者是……或者企圖了結自己生命，而我什麼都沒聽見。我應該要好好照顧他才對的！

我跑上樓，一次跨兩格臺階，驚慌和罪惡感流過我的全身。

我推開他房間的門，如釋重負的感覺讓我差點站不住。他沒死，他好好地坐在床上，轉向我的那雙眼睛悲傷又疲憊，但至少他正直愣愣地看著我。

「對不起。」歉意脫口而出。「我在樓下寫東西，沒有注意到時間。你還好嗎？我去幫你泡茶，再拿點吐司上來。」

他的眉宇之間微微皺起，似乎正在試圖理解我的話。「茶？」他說。

「對！嗯，茶。我去泡茶，好嗎？」

「好。」

我這才發覺自己手上還捏著那疊手稿。「喔——這個。我剛才就在忙這個。」我把整疊紙塞給他，想等他伸出手來拿，可是他的動作太慢了，我只好匆匆忙忙地擱到床上。「我寫了一個故事。你喜歡的話可以看看。」

「謝謝。」他垂眼看著那疊皺巴巴的紙。

我遲疑了一下。「順序可能都亂掉了，我幫你排好。」

我花了幾分鐘才整理好那疊紙張。「給你。我這就去泡茶。」

他坐起來了。我走進廚房，開心得整個人輕飄飄的。雖然他的理解速度好像有點慢，但已經不像昨天那個殭屍的樣子了，這一定是好現象，對吧？

等我捧著茶杯和幾片小餅乾上樓時，發現他完全沒有移動過，心裡有些失望。那疊紙依然整整齊齊地放在床尾，他只是盯著它們發愣。

「你的茶。」我把茶杯放到床邊桌上。

「謝謝。」他的嘴唇幾乎沒有移動，很難聽清楚他說了什麼。

我不太確定接下來該怎麼做。挫折、疲憊、亢奮、飢餓感同時襲來。或許我也應該找點東西來吃——我不記得今天吃過午餐。

「明天是星期六。」我坐到床尾，將我的故事推向他。「不到兩個星期就是聖誕節了。啊，我的意思是距離聖誕節只剩不到兩個星期。我們要不要去買點東西？」我知道這個問題超爛。我們又沒有錢買禮物。喔，應該是「我」沒有錢，我已經好久沒拿零用錢了。

「無論如何，我們都可以出門逛逛那些店家。現在街上到處都是聖誕節的裝飾。小梅說市區有一間店擺出會動的耶穌誕生場景。」

爸爸緩緩點頭——慢吞吞的動作活像是機器人偶。我好想笑，連忙吞吞口水。他還是坐在床上，眼神帶了點困惑，直盯著前方的牆壁。

我一時衝動，湊上前去，握住他的手。「爸爸！爸爸！快回來。你跑去別的地方了。快回到我身邊。」

他眨也不眨的眼中浮現淚光，輕輕抽回他的手，放在自己的大腿上。

我震驚到了極點。

我得用力抿住嘴唇，才不會叫出聲音來，因為那股劇痛再次貫穿我的心臟。他是不是決定不和我在一起了呢？或是決定不想繼續活下去了？我離開房間，站在樓梯口，握著扶手支撐身體。爸爸的內在力量出了什麼問題？

樓下傳來電話鈴聲。我不知道該不該下去接。會是安東妮亞嗎？星期五晚上會打電話來的人只有小梅。我好想好想和她說話。可是我要怎麼說？我要如何把爸爸的事情告訴別人？

我默默等待。鈴聲終於停了。我好想哭，因為我覺得好孤單。

我想起在小梅懷裡，為了媽媽痛哭的那一天。當時的感覺既難受又舒坦。那天我沒有內在力量，我只有小梅。**她就是我的力量。我需要她。**

這時，我恍然大悟。

爸爸不需要什麼內在力量。**他需要的是我。**

第三十五章

這個領悟猶如一道閃電。

爸爸需要我。不只是要我在他抑鬱的時刻照顧他，而是我們兩個人，長久以來，我們相依為命的方式，就在這裡，我們得守在一起。

為什麼我之前一直想不通呢？長久以來，他表現出一點都不需要我的模樣，說我們是獨立的個體。全都是騙人的！

他當然需要我，正如同我需要他——如同我**一直**都需要他——在媽媽死後，我更需要他了。那麼他為什麼不斷把我推開？

小梅是我的朋友，我需要她。要是失去她，我會怎麼做？

對，就是這樣。

他不願像愛著媽媽那樣愛著我，因為媽媽死了。當你愛著一個人，失去對方的時候，你會無比痛苦，所以你會幾乎希望自己**一開始就沒有愛上對方**。

他反反覆覆說著他不需要我，其實是為了保護我；他要我築起高牆，保護自己的心，這樣就不會像他那樣痛苦了。

可是他錯了，錯得一塌糊塗。**人總是需要其他人。不能因為不想受傷，就一直保持距離**。無論如何你都會受傷，這麼做只是害你孤單一輩子。

思緒在我腦中爆炸、衝撞，這個世界似乎開始放慢速度，構成新的形式。

爸爸一點都不孤單。他還有我。現在我了解要去哪裡尋找我的內在力量了。**這股力量必定是來自其他人的給予。只要有人關心你，他們就把自己的一部分送到你手中，讓你變得堅強**。小梅的友誼把我的人生變得更刺激、溫暖、更加多采多姿……也更快樂。她一看到我就笑得燦爛如花，我知道我也給了她某些值得留存的事物。比起分隔兩地，我們在一起的時候更加堅強。

我要為了爸爸待在這裡。我不會離開他；我要待在他身邊，直到他脫離崩潰為止。因為我可以帶給他力量，幫助他度過難關。

比起各自苦惱，我們在一起會更加堅強。

第三十六章

星期六早上，屋裡安靜又平穩。我坐在爸爸的臥室裡唸書給他聽，然後下樓寫新的故事，還稍微打掃了一下。我已經記不得上回清理浴室水龍頭是什麼時候了，把它們擦亮的成就感令我吃驚。

下午，小梅打電話來家裡。

「我沒事。」我對她說。「昨天不太舒服，所以爸爸讓我待在家裡休息。」

「我好想念妳。我們做了自己的同義字卡片，然後拿給別人玩。我的字卡是全班最難的！沒有人全部猜對！」

我羨慕極了。這個活動聽起來好好玩。

「如果是妳的話，一定全部都會答對。」她對我很有信心。「我幫妳留了一套，星期一妳可以玩玩看。」

「謝了。」真希望爸爸到時候會好一點。

「妳寫信給聖誕老公公了嗎？」

「沒有耶。我已經好幾年沒寫了。」

「是喔。我有寫耶。到底有沒有聖誕老公公，誰知道呢？」

我笑了。小梅對這種事情總是抱持著浪漫的想法。「妳向他要了什麼？」

「書！還有書本形狀的吊飾！我還想要印了書本圖案的袋子，還要很多新的原子筆。」

「這些東西都在我的禮物清單上。還有寫新故事的筆記本。」

「對耶，筆記本！我都忘記了！」小梅的語氣超級驚恐。

我笑出聲來。「我相信一定會有人送妳筆記本的。」

「妳會來過聖誕節嗎？會吧？會吧？」她連聲催促。

我遲疑了一下。精神崩潰這種症頭要多久才會好？以爸爸現在的狀況，他根本沒辦法離開家門。

「這個嘛，他還沒有正面答應。不過他一定會的，我保證他會答應。」我交叉手指許願，全心希望老天爺會實現我的承諾。

我幾乎聽見小梅開心地在電話前原地小跑步的聲音。

「妳一定要來！一定要喔！假如他說不行，我就過去綁架妳！」

我又笑了。能這樣笑真是舒服——感覺我已經好幾天沒笑過了。「不用啦！到時候我會直接逃去妳家！」

「昨天我真的好想念妳。」她又提起我請病假的事情。「我不得不和愛莉亞一起坐，她一直想抄我的筆記。真的很煩。」

我捧著話筒，聽她分享學校的事情。我才缺課一天，可是感覺好像過了好幾個月。陪伴著爸爸坐在靜悄悄的屋子裡，我這才發現**自己有多喜歡和其他人相處**，特別是小梅和她的家人。

然而我還是沒辦法告訴她真相。我不敢冒險。因此當她問：「明天想來我家玩嗎？」的時候，我只能拒絕。

她聽起來好失望。「可是妳身體已經好了吧，對不對？」

「嗯，但我怕會傳染給你們。」

「喔。」

「我不想到處散播病菌。」謊言輕易就從口中溢出。我心裡好糾結，真討厭無法向她吐露實情的自己。

星期天早上，我端茶給爸爸，發現他真的在讀我寫的故事，我差點驚叫出聲。他讀得好入神，視線滑過一行行文字。我著迷似地緊盯著他看，無法移開目光，但又知道閱讀時一旁有人盯著看，是多麼掃興的事情。我強迫自己把馬克杯放在床邊桌上，一邊奮力豎起耳朵，耳根差點抽筋。他會笑嗎？還是嘆氣？但他只是漠然地閱讀，臉上一片空白。

我走出房間，關上門，強烈的期待拉扯著我的心。在他讀我的故事時，我得找點別的事情來做，不然我會一直貼在門上偷聽。

我回房間環顧四周。這裡需要一點改變。我使勁把床架拖到房間另一端，接著挖出五斗櫃裡的衣服和抽屜，把櫃子換了個方向。我準備重新收好衣物，卻陷入猶豫。裡面有不少東西我已經穿不下了。

我一件一件篩選，上衣、褲子、裙子，太小的就放到一旁，剩下能穿的實在乏善可陳。說不定我可以拿太小的衣服給小梅的媽媽，讓她拆開來做成新衣服？這樣我們就不用另外買了。我仔細盯著一件上衣的縫線，沒錯，只要沿著縫線剪開，再換個方式縫起來就好了，對吧？

我相信針線就收在家裡某個地方。等我回過神來，人已經在廚房抽屜裡翻找縫紉工具了。又過了半個小時，四件上衣被我拆成一片片布料，散在房間地上，我忙著畫出平面圖，想著該如何把它們拼成新衣。

這時爸爸出現在房門外，我跳了起來。「我得去洗個澡。」說完，他又消失了。天啊！我跪坐在地上好一會兒，愣愣地望著走廊。他讀完我的故事了嗎？他有什麼感想？他怎麼什麼都沒說呢？

可是。他終於去洗澡了。這是他精神崩潰之後第一次下床（除了上廁所）。

不行，我還不能太樂觀……但這一定是正面的徵兆。

第三十七章

星期一早上，我在同樣的時間醒過來，花了一點時間才明白為什麼房間看起來這麼陌生：因為我把每一件家具都換了位置。這是本學期的最後一個星期，可是我不確定自己該不該換上制服去上學。

我悄悄走到爸爸房間門外，豎起耳朵。可以聽見他規律的打呼聲，所以他一定還在睡。他還是沒有對我的故事發表半句評論，我等得快瘋了，不過我和自己說好，絕對不主動去問。等他準備好，他就會告訴我。

他昨天洗完澡以後，換了衣服，我們在起居室裡坐了一會兒，我讀書，他愣愣地凝視房裡擺設，至少他願意走出房間，盯著不一樣的擺設瞧，算得上是進步吧？

我走下樓，石板地磚凍得我整張臉縮起來。我到廚房裡替爸爸泡了杯紅茶。冰箱裡沒有牛奶了，所以今天他（或是我）得去店裡採買。

我端著茶杯上樓，推開他房間的門。「早安！」

下一秒，我倒抽一口氣——被子上鋪滿了紙張。除了我的稿紙，還有很多、很多張紙，上頭布滿爸爸的字跡。**他開始寫東西了？**什麼時候寫的？半夜的時候嗎？床上這麼多張手稿，他一定連續寫了好幾個小時。

我手中的馬克杯晃了晃，茶水灑了出來，我連忙放下。他寫了什麼？恐懼揪住我的心。如果他又開始寫什麼檸檬研究的話，我該怎麼辦？

我朝最近的一張紙伸手，爸爸突然睜開眼睛，我幾乎是愧疚地退開。

「克麗索？」他的嗓音睡意朦朧。「現在幾點了？」

「七點四十五分。」我的視線無法離開那堆稿紙。「你還好嗎？」

他坐起來，揉揉眼睛。「很好，我猜的。今天星期幾？」

「星期一。」

「星期一？是嗎？」他一臉迷糊。「妳確定？」

「嗯。」我咬咬嘴唇。他是真的迷糊了嗎？以前他也常常忘記那天星期幾。我該擔心嗎？「不過我會留在家裡照顧你。」

他皺眉。「今天學校放假嗎？」

「沒有，今天要上學。可是……。」

「妳應該要去學校。」

此時此刻，我只想看看他到底寫了些什麼。

「學校很重要。」他說。

「那食物怎麼辦？你會下床吃早餐嗎？午餐呢？我們沒有牛奶了。或許我午休時間可以回家一趟。」

「不用。」他的語氣接近惱怒。「克麗索，我很好。拜託，我已經是大人了。我可以顧好自己。」

我張大嘴巴，這份打擊令我雙眼刺痛。**他不知道過去這三天我為他做了什麼嗎？**他完全不知道我有多擔心嗎？真是忘恩負義！我簡直不敢相信！

「好。我去換衣服。」盛怒之下，我答得簡潔。

突然間，我一點都不想在這裡多待半秒。忘了那些稿紙吧。我才不在乎他又要胡扯什麼。我俐落地換上制服，吃完早餐，每一口都難以下嚥。我心痛到不想上樓向他道別，只是拎起書包，朝著樓上高喊：「我要出門了。掰。」

沒有回應。
我用力甩上家門。

第三十八章

在學校操場碰面時，小梅給我來了個最熱烈的擁抱。

「我超～級～超～級想念妳。」她重重嘆息。

「我也好想念妳。」儘管我努力忍耐，淚水還是突然流了下來。

「怎麼了？」小梅驚叫。

我搖搖頭。「我對妳說謊了。」

「什麼謊？」

「上個星期五我沒有生病。」話匣子一開就關不起來。我和她說了爸爸精神崩潰的事，說他都不講話，我睡在他房間地上，努力讓他活下去。還說到他今天早上把我趕出家門，雖然我一點都不在乎。

小梅震驚地瞪著我。「喔，克麗索！太恐怖了！我得和我媽媽說。妳可以住在我們家。」

一瞬間，我昏了頭，好想點頭答應。反正爸爸早上才說他可以顧好自己——那就做給我看啊！我張嘴想要回應，卻還是搖搖頭。

「不行。」我抹抹臉。低聲繼續說：「我做不到。那件事——妳還記得我跟妳說過的內在力量嗎？我終於懂了。其實是妳讓我想通的。**人的內在力量不是為了自己——是為了別人**。他需要我。陪在他身邊是很重要的事，我答應自己了。」

「妳剛剛才說他今天早上對妳很壞。」小梅抗議。

「是啦，他只是……只是**又想把我推開了**。」直到我說出口，我才意識到真相。「他已經習慣自己一個人了。我得要讓他知道這對我們都不好。」

上課鐘聲響了，同學們垂頭喪氣地從我們身旁跑過。

「聽好，我不會有事的。」我說。「兒少照顧者團體的莉西艾拉說每個人都崩潰過。他會好起來的。像是昨天，他就表現得比星期五和星期六還要好。」

「克麗索！小梅！」史帕林老師站在教室門口，對著操場呼喚。外頭只剩下我們兩個。

「晚點再說吧。」我抓起她的手一起進教室。「我還要玩妳的字卡呢。」

第三十九章

不知道回到家會看到什麼景象。我在門外站了好一會兒，才拿出鑰匙開門。**今天我在學校度過美好的一天：雖然是在上課，感覺卻像是在放假。**我幾乎不想回家了。深深紮根在心中的恐懼糾結成塊。我整整離開了一整天，爸爸還好嗎？進門後我會看到什麼？

我深呼吸，打開家門。

右邊的起居室傳來音樂聲。我把書包擱在地上，站在玄關好一會兒。我沒聽過這段曲調，感覺是雄壯的交響樂，小提琴聲昂揚拔尖，喇叭聲嘹亮清澈，所有的樂器碰撞成愉快的旋律。

爸爸站在起居室中央，閉上眼睛，揮舞雙手，彷彿是在指揮看不見的樂團。他臉上掛著陌生的表情：既是快樂，又是悲傷至極。像是正在享受痛楚。

他睜開眼睛，嚇了一跳。「克麗索，我沒聽見妳進門。」

「抱歉。呃——你還好嗎？」

他調低CD播放器的音量。「我在聽艾爾嘉[25]。」

「很好聽啊。很響亮。」

他坐進沙發，好像突然間再也站不住似的。「我好累。」

「我知道，爸爸。你有沒有去買牛奶？你有記得吃午餐嗎？」

他搖搖頭。「我不餓。」

「爸爸。」我放下書包。「你一定要吃東西。如果你沒有好好照顧自己，我怎麼有辦法安心出門，放你自己在家呢？」

他哼了聲。「不要胡說八道。」

「我才沒有。這真是太瘋狂了。你要吃東西啊。」

「**說不定我真的瘋了。**」他的語氣帶著諷刺。

25 英國作曲家艾爾嘉（Sir EdwardElgar），一八五七～一九三四年。

悲傷與痛苦同時刺穿了我。「別說這種話。」

我們陷入沉默。

「我想去小梅家過聖誕節。」我衝動地開口。

「喔，克麗索，不要現在提這件事。」

「就是要現在說。」我好生氣。「你一直拖延，可是總要給人家回覆吧？這樣他們才能準備剛剛好的食物什麼的。下個週末就是聖誕節了，爸爸。不然我們那天要幹嘛？安安靜靜的坐著，兩個人一起耍憂鬱到天亮嗎？」

他火大了。「我還不知道和我一起過節這麼無聊啊！」

「我們可以去嗎？」我仍不死心。

「妳這是在問我還是在命令我？」他狠狠反問。

「我是在**問你**。」淚水刺痛我的眼睛。「我只是覺得如果能那樣一定會很棒。溫暖、歡樂，就像一家人一樣的過節氣氛。」

他沒再多說半句話，頭痛似地一手緊緊按住額頭。

我忍不住嘆氣。CD已經播完了，咻咻咻地停止轉動。我上前關掉播放器，看到那疊稿紙。那是我的故事——以及我今天早上看到的其他頁面，就塞在機器底下。

「這是什麼？」我鼓起勇氣發問。

他沒有回答。

裡面有一半的內容是我寫的，所以我想我有權利全部拿走。我握著稿紙，鑽進廚房，裝滿茶壺，坐在餐桌旁開始讀。

我的故事在講一個悲傷、寂寞的小男生，沒有朋友的他遇到如同陽光般耀眼的女生。因為多了個能夠分享的人，他發現這個世界比他想像得還要美妙。

爸爸的故事則延續了我的結局。字跡起先帶著猶豫，不過等他寫完第一頁，下筆已經變得流暢有力。

男生對女生說：我們應該要永遠在一起。她笑著牽起他的手，說：當然了。因為人生就該如此，一起分享、吶喊、哭泣、歡笑。於是他們來到花園裡，笑鬧玩耍。冬天丟雪球，到了七月就躺在豔陽下。男生覺得他再也無法一個人生活。不知不覺間，女生成了他的一部分，進入他的靈魂、他的心。他好愛好愛她，即使只和她分開一分鐘也難以忍受。

他們一起長大，女生教男生如何和其他人好好相處。她為他說明很多事情，幫助他了解其他人的感受——這時男生才知道，人們不一定會說出真正的想法，說出口的話也不見得是認真的。於是男生越來越有自信，不再害怕出門到別的地方，因為女生一直在他身邊。

有一天，她對他說：我們結婚吧。這樣我們就可以一輩子在一起了。他覺得人生中沒有比那一刻還要開心的時刻了。不過在教堂裡的祭壇前看到她時，他的喜悅又上了一層樓。她穿著白色禮服，感覺很不一樣，一瞬間，他好害怕，覺得她變了個人。但是當他看到她頭髮上的花朵，還有她身上那些誇張的飾品（他母親總是瞧不起這樣的打扮），他改變心意，知道即使多了華麗的服裝、指甲油、化妝，在那些裝飾之下，她依舊是他深愛的女生。

他雙親的表情活像是皺起來的檸檬，喃喃嘀咕著他們不會在一起太久。他們說得對——只是原因和他們預料的不太一樣。

他們有了自己的小寶寶，她是他們生命的光采，雖然說生小孩不像兩人想像得那樣輕鬆有趣。這是很辛苦的事情，努力往往得不到回報，可是當小寶寶笑起來、學會走路說話，陽光就變得比以往還要燦爛。女生好愛她的寶寶，愛意從她的雙眼和雙手湧出，寶寶也很愛她的媽媽，總是跑來跑去，吵著要媽媽陪。男生看得好羨慕，因為他知道自己永遠無法如此自由自在，不過他也不需要改變，因為女生就是這樣的人。

然後，他們分開了。不是因為缺少愛情，也不是誤解，或是意外。是疾病：偷偷摸摸、躡手躡腳的疾病，在女生身上潛伏了好幾年。默默等待，從未現身，直到一切都太遲了，醫生嘆氣說他們無能為力。

寶寶不知道她的媽媽走了。她問了又問，直到男生無法回答，乾脆叫她別再問了。他撿起粉碎的心，鎖起來，因為他知道那些碎片永遠無法補好。

他開始把自己變成怪物。他不只鎖起自己的心，也教寶寶鎖起她的心。他教她書本比人、比情感還要重要，自豪地看著她適應如此孤單的生活，完全沒意識到自己有多麼寂寞⋯⋯這時已經來不及說：我錯了，對不起。

字句在我眼前漸漸模糊，但我還是努力讀完。爸爸就寫到這裡。他後續補上的故事就此結束。

我愣愣地坐了一會兒，放任淚水在臉上奔流。接著我抓起筆，加上一大段：

但這個寶寶自己找到了愛和陪伴，因為這個世界不是讓我們獨自生存的。然後她教他爸爸重新愛人，因為她知道在他心底、在深深的角落裡，他仍然是多年前愛上那個女生的男生。只要兩個人在一起，就能喚回陽光，讓他再次成為這個世界的一部分。

寫完之後，我擦乾眼淚，拎著新的稿紙回到起居室，交給爸爸。

第四十章

安東妮亞在我們的電話答錄機留言，說有需要就打給她。不過等我聽到留言時已經過了六點，她一定已經離開辦公室了。

我應該要在聖誕節前，參加本年度最後一次的兒少照顧者活動，然而我不想提醒爸爸這件事。我感覺一切都好脆弱，好像我們站在懸崖上，只要踏錯一步就會一起摔下去。可是呢，**只要我說了、做了對的事情，或許就可以拉著爸爸，一起回到安全地帶**。

爸爸讀了我補上的段落，然後哭了。我完全沒料到他會有這樣的反應，一時之間不知該如何是好。最後我走到他身旁抱住他。

「沒關係的，爸爸。一切都會沒事的。」他哭得好壓抑，像是生鏽的機器人似的。沒過多久他就把我推開（幸好不是粗魯的推開），說：「這樣就夠了。」

狀況並沒有像書本裡常寫的那樣「一切有如奇蹟似地好轉」。爸爸重新躺回床上，只吃了一片吐司配茶，但我覺得這是小小的進步。

漫長的旅程總是從小步前進開始的，對吧？有時候你需要坐下來，或是稍微後退幾步，因為你不敢往前走，或者是還有其他優先事項。可是你的旅程不能缺少那些小小的步伐。

現在我知道**若是有人牽著你的手，往前走就輕鬆快樂多了**。於是我打電話給小梅，告訴她對我有多重要。她讓我周遭的一切事物變得明亮又豐富，她讓我見識到與旁人分享的美好與幸福。

她在電話的那一頭哭了，小梅遇到什麼事情都會哭——沒關係，因為這回她流下的是開心的淚水。

然後我對她說，我們會到她們家過聖誕節。

第四十一章

聖誕節一大早，小梅打開門，裡頭的歡呼聲響徹雲霄。

「聖誕節快樂！」她朝我揮舞大大的紅色枕頭套。「我一直在等妳！快要等不下去了！」

「妳那個根本就不是襪子！」我大叫。「是枕頭套吧！」

相較之下，我的襪子感覺好寒酸——爸爸穿舊的及膝襪，襪口縫上流蘇。我手上的襪子已經塞滿了我精挑細選的禮物，就快要炸開了，但當我看到小梅「枕頭套」的開口冒出一個個精美的禮物包裝時，馬上就意識到，我的襪子就算再過一百萬年也比不上她的。

小梅握住我的手。「嘿，我不是說過要分我的禮物給妳嗎？來啦，我們一起拆來看看吧……咦！妳這身衣服是自己做的嗎？」

「嗯。」我承認。「做得不太好。縫線不夠牢，還有——。」

「我超愛的！」她大聲嚷嚷。「快轉一圈讓我看看。」

我乖乖轉圈，有點難為情。我拆了四件上衣拼起來，小梅的媽媽給了些建議，不過全部都是我自己縫的，所以我不太希望別人看得太仔細。

小梅語氣中帶著敬佩：「克麗索，妳真的很厲害耶！可以做點什麼送我嗎？」

我笑了。「等我先向妳媽媽學幾招再說吧！」

「妳做得非常好啊。」小梅的媽媽說完，抬頭向跟在我後頭的爸爸打招呼：「聖誕節快樂！」

「聖誕節快樂！」爸爸遞出一瓶酒，當作來訪的伴手禮。儘管看起來仍舊疲憊，但他還是努力擠出笑容。「感謝你們的邀請。」

「進來暖暖身體吧。」她說。「今天就是要舒舒服服地休息，如果你不想說話，不用硬撐著和我們聊天。」

「喔。」爸爸開口。「喔——好吧，謝謝。」

小梅的爸爸端給他一杯加了香料的潘趣酒（Panch）[26]，順口問他對希臘熟不熟，他們明年打算去度假。爸爸剛好知道不少希臘的資訊，當場就說出了一長串最推薦的古蹟景點。

「我們快來分襪子裡的禮物吧！」小梅幾乎是歇斯底里地大叫。

我和她一起衝進起居室。克里斯多夫已經躺在地上玩新的平板電腦，一根手指依然塞在鼻孔裡。

「聖誕節快樂！」我對他說。

他回了聲「喔」，視線沒有離開螢幕。我忍不住笑了。

小梅家滿屋子都是肉桂和橘子的味道，爐架上擺著蠟燭，鏡子周圍纏繞常春藤，房間角落有一棵巨大的聖誕樹。那並不是真正的樹，但上頭裝飾著漂亮的銀色藍色小球和燈泡，小片小片的雪花閃閃發光。

我們家裡也有聖誕樹，是真的樹，爸爸從倉庫裡挖出蠟燭形狀的燈泡串，除此之外沒有太多裝飾品，不過每年把這些東西拿出來，就像是和老朋友再見面一般。我家還有一大盒紙製彩帶，少說有四十年的歷史了，即使顏色已經不再鮮艷，我還是很喜歡它們。使用時要非常非常小心地從中間攤開，它們會形成彈簧一般的捲度。等新年假期過後，又得花好幾個小時把它們重新捲好收納。

今年裝飾屋子的氣氛有點怪，爸爸不太想動手，但仍被我逼著做苦工。後來他承認加上這些彩帶，屋裡看起來好多了，儘管它們害他哭了一下。最近他好像看到什麼東西都會掉眼淚，一開始嚇死我了，不過現在我一點都不擔心。從某個角度來看，這讓我安心多了。

他的歷史書總共收到四封退稿信，每一封都讓他很心痛，但我對他說我會幫他把文章放到網路上，這樣別人還是能讀到他的作品，如此一來，他的辛勞就不算是白費了。

就在回覆我語音留言之後的隔天，安東妮亞到我們家拜訪。我向她說明爸爸崩潰的事，她對於沒能及時回覆我感到很抱歉。她的小孩生病了，因此得留在家裡照

---

26 由五種不同成分調合而成的酒精飲料，包含：亞力酒、糖、檸檬、水和茶。

顧他。我有些訝異，因為我從來沒想過她自己也有小孩。

接著她誇獎爸爸進步很多，又對我說我很厲害，所有的事情都處理得很好。然後她補上幾句：「但下一次遇到這種狀況，不要自己一個人面對，可以嗎？」

我點頭承諾，心裡暗自期望別再有下一次了。我很高興能見到她，她用力擁抱我之後，就趕著去別的地方拯救危機了。

「妳先選。」小梅的聲音把我拉回現實。

小梅的禮物比我帶來的還要好上千百倍，但是她很好，讓我先從她那邊選了一本漂亮的筆記本，還有閃閃發亮的金色原子筆，再加上雪人造型的巧克力（因為她一共得到了兩個）。

「我猜聖誕老公公知道我要和妳分享禮物！」小梅的眼睛閃閃發亮。

「不是聖誕老公公。」我說。「是妳——」

「噓！不要破壞魔法！」小梅堅持要我別說出真相。

克利斯多夫整張臉還黏在平板電腦前，他用力哼了一聲，酸溜溜地說：「拜託，妳今年到底幾歲啊？」

小梅才不理他。「真不敢相信妳今天真的來了。我想了好久好久，可是一直不敢相信妳真的會來。」

我對她笑了笑。「我也不太相信。感覺像是一場夢。最棒的美夢。」

小梅的媽媽為我們送上加了香料的熱飲，我們拿出收到的禮物給她看。

「妳好漂亮喔。」我害羞地稱讚小梅媽媽。她穿著自己做的裙子，在聖誕燈飾下閃亮極了。她的頭髮全部盤到頭頂上，用大大的鑽石形狀髮夾固定。看起來就像是電影明星。

小梅的媽媽先是一愣，接著露出溫暖的笑容。「謝謝，克麗索，感謝妳的讚美。要不要趁著新年假期教妳用縫紉機呢？妳的眼光很好——我可以教妳一些簡單的技巧，之後妳就可以自己做各種東西了。」

我臉紅了。「我很樂意。」

「我也喜歡妳的髮型。」小梅對我說。

我摸摸自己仔仔細細固定在頭上的辮子。我花了半個小時和頑固的捲髮搏鬥，好不容易制服它們。「我一直想綁成這樣來給妳看，因為我們第一次見面的時候，妳就是綁著這個髮型。」

「是嗎？哇塞，我都忘光光了。」小梅咧嘴一笑。「那感覺好像是很久很久以前的事情。」

「真的。好像已經過了好幾年。」

我們相視而笑。

就在此時，小梅的媽媽瞥了克里斯多夫一眼。「我跟你說，這台平板設了定時器。一天不能使用超過兩個小時。」

「**什麼？**」他大驚失色。「太不公平了！」

「螢幕的光線對眼睛不好。」小梅的媽媽淡然回應。「時間是你爸爸設定的。」

「兩個小時一點都不夠啦！」克里斯多夫高聲抱怨。

小梅和我互望一眼。就算到了聖誕節，家人還是老樣子，不是嗎？

第四十二章

到了早上十點，我們一起去教堂，高唱聖誕頌歌。然後回到小梅家，一起享用我這輩子吃過最豐盛的午餐。有火雞、蔓越莓果醬、小捲心菜、烤防風草、烤馬鈴薯和豆子，最後是聖誕布丁配卡士達醬。小梅的爸爸關掉電燈，在布丁上點火，我們驚奇地看著藍色火焰亮起，慢慢消失。

午餐後是禮物時間。我原本沒抱太大期望，可是小梅的爸媽買了全新的靴子給我——一雙及膝棕色皮靴，開口滾了一圈毛皮，尺寸絲毫不差。我不知道該說什麼。我沒有穿過這樣的靴子，一套上就再也不想脫下來了。

他們也買了禮物送給爸爸——一本食譜和廚房隔熱手套。

他的表情軟化了。「喔，是梅子燜鴨！」他邊翻頁邊說：「還有啤酒黑棗燉牛肉！這個食譜真不錯，雞肉加檸檬……」他意識到自己說了什麼，瞪大雙眼。

檸檬！

我忍不住憋氣。可以感覺到周圍眾人也都憋著氣。他怎麼能說出這個詞？我到現在還會夢見我們爆發衝突的那一天。小梅輕聲吸氣，直盯著我。

大家好像都在等待我的反應。時間凍結的一瞬間，我知道我可以做出選擇。

不過是檸檬嘛。黃色的水果。我們總不能一輩子避開它們吧？

我小心翼翼地吐氣，然後再次深呼吸，接著我直起背脊，勾起嘴角。「聽起來很不錯呀。」我直視爸爸的臉。

他的眼神有些猶豫，最後點點頭，試著微笑。大家終於鬆了一口氣。克利斯多夫又開始和他爸爸吵平板電腦的事。

危機解除？或者該說我通過了測試？

小梅幫我做了一個好漂亮的筆袋，有拉鍊和滿滿的圖案。

「其實是我媽媽做的，可是上面的圖都是我畫的喔。」她說。

筆袋上畫了幾百個小小的漩渦圖樣，跟她房間牆壁上的圖一樣。我激動地用力抱住她。

我送她的禮物是一幅拼貼畫，素材是她最愛的書的封面。靈感來自兒少家庭照顧者團體的美勞活動，某天放學後，史帕林老師幫我用電腦列印出那些封面，我自己剪下來，黏在一大張畫布上。最後刷上亮光漆，讓表面布滿光澤。

小梅一看到就哭了，這代表她喜歡這個禮物。我忍不住笑出聲來。

「怎麼樣？妳不喜歡嗎？」我故意逗她。

「沒有啦！我超愛的！」她抽抽噎噎地回應。「這是我收過最棒的禮物！」

這也太誇張了。

「克麗索，我還有一個禮物要送妳。」小梅的媽媽說。

她的禮物是用做裙子的剩布拼成的手提包。這是我擁有過最美的東西。我好愛這個禮物，一時之間說不出話。

「克麗索。」爸爸開口了。「要有禮貌，記得道謝啊。」

「啊，別擔心。」小梅的媽媽按著爸爸的肩膀。「她正在對我說『謝謝妳』呢——看她的眼睛就知道了。」

大家交換完禮物，一起看電視上的影片，接著又是食物——聖誕節蛋糕和巧克力木材蛋糕，還有茶和熱牛奶。

這是我這輩子最美好的一天，儘管我不希望這段時光結束，但我也不介意回家。事實上，我心底有個角落，一直期盼著回到我們安穩平靜的屋子。只有我和爸爸，雖然我們彼此還有一些不太順心之處，但那至少是個熟悉的地方，有我熟悉的家人——或許我們兩個人就可以稱得上是家族了。

我們的旅程只要**一次踏出一步就好**。我現在只希望能朝著同樣的方向前進，再過不久，我們不用硬逼著自己笑出來，或許擁抱的機會也會變多。我們已經更能彼此分享了，這是很好的開始。

大家都填飽了肚子，睡意悄悄爬上身。我對上爸爸的視線。他懂我的意思。儘管他為了保護我做出那些刻意疏遠的事，儘管我們面臨了那麼多難題，**但他始終都比任何人都還要了解我**。

「克麗索，該回家了吧？」他問。

「嗯。是啊，我想時間差不多了。」我說。

尾聲

空氣裡飄著玫瑰花香，我坐在寫作小屋裡，筆尖在紙張上飛馳，一縷微風透窗而入，搔過我的頸子。我深深沉浸在故事裡，幾乎沒有察覺到。這是嶄新的故事，清晰的靈感，它昨晚找上我，請求我把它寫出來。

爸爸和我一踏進小梅家，我馬上就告訴她這件事，她完全理解，於是我們立刻鑽進小屋，各自占據一個角落，拿起筆記本寫個不停，就這樣過了一個小時。途中，有人遞來檸檬水，我想我應該是喝掉了，因為旁邊有個空杯子，只是我不記得自己曾經這樣做。

現在是暑假期間的星期六下午，爸爸和小梅的爸媽在院子裡。他們正在設計新的石頭庭院，不過看起來他們只是坐在躺椅上，傳閱園藝型錄。克里斯多夫忙著挖火坑，不知道他為什麼要這麼做，也沒有人多問。

我很難相信再過不久，就是我和小梅認識的一週年。這段日子裡，發生了好多

事情——多到無論如何刪減都寫不進一本書裡。或許總有一天，等我年紀大了，我會開始撰寫自己的回憶錄——還是說我應該要早點開始，不然等到變得健忘就來不及了。我真的不想忘記這一刻：此時此刻，平靜、安穩、溫暖、充滿想像力、快樂的寫作、充滿歡笑的家庭、滿園的玫瑰花。

一隻蜜蜂懶洋洋地飛進來，落在我的筆記本頁面上。胖嘟嘟、毛茸茸的身軀反射著陽光，那些絨毛感覺像是用黃金做的。我想到希臘神話中《麥達斯國王》（*Midas*）的故事：遭到詛咒的國王不論碰到什麼東西都會變成黃金。接著我又想到，是不是還有其他的超能力，一開始相當美好，後來卻變成黑暗致命的力量……嶄新的靈感再次閃過腦海，要我把它寫出來。

但我做不到。我忙著對付手邊的故事，裡頭有出乎意料的魔法、堅定的友誼。於是我匆匆在筆記本背面寫幾個字，記下新來的靈感。

小梅打了個呵欠，像是在伸展抽筋手臂似地伸伸懶腰。「我卡住了。」她說。

「這叫做瓶頸。」我懂她的感受。「我們先去做點別的事再回來寫吧。」

最近我讀了很多講述寫作技巧的書。假如未來真的要以寫作為業，那我現在就該以專業的態度來面對這件事。

小梅點點頭，幾縷滑順的黑髮黏在額頭，她伸手撥開。「我覺得是氣溫害我腦袋變慢的。妳也要休息一下嗎？」

我猶豫幾秒。目前正寫到很棒的場景，我真的不想中斷，但我已經**知道**接下來的劇情發展，晚點再寫也沒關係。

「好啊。」我抖掉筆記本上的蜜蜂，等到牠不甘不願地嗡嗡飛走，我這才發現牠在某個詞上留下一抹花粉，活像是畫上了黃色底線。是媽媽那幅名為〈幸福〉的畫作嗎？我忍不住勾起嘴角。

我們爬出小屋，呼吸新鮮空氣，向大人討了兩杯檸檬水。爸爸先是板起臉，看到我的眼神又匆忙答應。他永遠都是那個爸爸，對於詞句和禮儀吹毛求疵，處事態度有點太嚴肅。他的笑容比以前多了很多。雖然偶爾他眼神黯淡、避開其他人、安靜悲傷地窩在自己的空間，但我已經不再害怕了。現在他和小梅的爸爸交情不錯，這讓我很開心。

九月我要進新學校唸書，但我一點都不緊張，因為小梅也會和我一起去。今年十月的期中假，大家要一起去康瓦爾郡玩。小梅和我忍不住討論個沒完！我們想去找美人魚跟惡龍。沒找到也沒關係，反正我們可以把這段旅程，當成新系列故事的靈感。說不定我還會在那裡畫點內頁插圖。

爸爸買了些油畫顏料，當作我的十一歲生日禮物。當我轉開蓋子，我忍不住哭了，因為這味道聞起來就像是我在二樓的書房——媽媽從前的工作室。爸爸對我說了聲對不起，他的禮物害我心情不好，但其實剛好相反，這是喜極而泣，就和當時我在電話上對小梅說的話一樣。我猜爸爸想為了過去曾對媽媽的書做過的那些事道歉，所以才送了這種讓我能與她產生連結的東西。

克里斯多夫不小心用鏟子敲到自己的手，痛叫一聲，小梅的媽媽衝過去，一邊確認他是否毫髮無損，一邊要他小心點。最近我才理解大家常常做這種事：**靠著某些言語或行為，來掩飾完全不同的情感**。在我認識小梅之前，我一直都是如此。現在我努力對自己誠實——**若是無法對自己誠實，那要如何真心面對其他人呢？**

要是不當作家，我可能會成為心理學家。人類比我過去所想的還要有意思，只要剝開一層層的心思，就會得到意外的驚喜。我曾經以為要為了自己去尋找內在力量，現在我知道**最堅強的人，必定能夠愛著別人，也能接受別人的愛**。有一句詩是這樣的：「沒有人是一座孤島」。我想我懂作者的意思。如果你擁有內在力量，卻找不到人來愛，那麼這份力量又有什麼用？

小梅的媽媽急忙送來的冰敷袋和續杯檸檬汁，有效安撫了克里斯多夫。

「檸檬要切片，謝謝。」他舉起杯子。

爸爸切開他自己種的新鮮檸檬，把其中一大片扔進克里斯多夫的杯子。

「**妳要來點檸檬嗎？**」爸爸朝我眨眨眼，彷彿早就知道我會說什麼。

我笑著說：「不用了，謝謝。」

「我們來打板球！」克里斯多夫揮舞球棒，大聲嚷嚷。

儘管小梅的媽媽費盡唇舌勸說，最後我們還是裝設了門柱，爸爸下場擊球。小梅不小心手滑，大家朝她抗議地吼叫，然後我們哈哈大笑，克里斯多夫投出三振，爸爸出局了。

陽光燦爛，一片片檸檬閃閃發亮——一切都會更好。

綠蠹魚 YLH23

檸檬圖書館

作　　者／喬·柯特李爾（Jo Cotterill）
譯　　者／楊佳蓉
副總編輯／陳莉苓
資深編輯／李志煌
行銷企畫／陳秋雯
封面設計／黃詩雯
插圖繪製／黃詩雯
內頁排版／王信中

國家圖書館出版品預行編目（CIP）資料

檸檬圖書館／喬·柯特李爾（Jo Cotterill）著；
楊佳蓉譯 . -- 初版 .
-- 臺北市：遠流，2018.07
272 面；14.8×21 公分 . --（綠蠹魚；YLH23）
譯自：A Library of Lemons

ISBN 978-957-32-8282-2（平裝）

1. 療癒小說　2. 青少年文學　3. 溫馨勵志

873.57　107006306

發行人／王榮文
出版發行／遠流出版事業股份有限公司
104005 台北市中山區中山北路一段 11 號 13 樓
郵撥／ 0189456-1
電話／ 2571-0297　傳真／ 2571-0197
著作權顧問／蕭雄淋律師

2018 年 7 月 1 日 初版一刷
2021 年 5 月 1 日 初版五刷
售價新臺幣 320 元
（缺頁或破損的書，請寄回更換）

ISBN　978-957-32-8282-2

遠流博識網

http://www.ylib.com
E-mail:ylib@ylib.com